Colette Sidonie-Gabrielle wurde 1873 in Saint-Sauveur-en-Puisaye als Tochter eines Offiziers geboren. 1893 heiratete sie den 15 Jahre älteren Schriftsteller Henry Gauthier-Villars, der sie aus finanziellen Gründen zum Schreiben anregte. Nach der Scheidung im Jahre 1906 führte sie in Paris ein wechselvolles Leben als Kabarettistin, Chansonette und Tänzerin. 1912 heiratete sie den Journalisten Henri de Jouvenel, von dem sie sich 1924 wieder scheiden ließ. Ihre letzte Ehe ging sie 1935 mit dem Schriftsteller Maurice Goudeket ein. Im gleichen Jahr wurde sie in die Académie Belge, 1944 in die Académie Goncourt gewählt. Das letzte Lebensjahrzehnt war Colette an den Rollstuhl gefesselt. Sie starb 1954 in Paris.

Von Colette sind außerdem erschienen:

Claudines Mädchenjahre (Band 1521)
Claudine erwacht (Band 1525)
Sonntagslaune und andere Erzählungen (Band 3163)

Die in diesem Band enthaltenen Erzählungen sind den folgenden französischen Ausgaben entnommen:

Dieses Buch wurde auf chlor- und säurefreiem Papier gedruckt.

Vollständige Taschenbuchausgabe Mai 1993
Droemersche Verlagsanstalt Th. Knaur Nachf., München
Lizenzausgabe mit Genehmigung des
Paul Zsolnay Verlages Wien/Hamburg

Berechtigte Übersetzung aus dem Französischen
von Alexandra Auer
Umschlaggestaltung Manfred Waller, Reinbek, unter Verwendung eines Gemäldes »Abendlandschaft mit drei Mädchen«, 1911, von August Macke (Foto: AKG, Berlin)
Druck und Bindung Elsnerdruck, Berlin
Printed in Germany
ISBN 3-426-01617-6

2 4 5 3 1

Colette

Frauen

Knaur

INHALT

Florie 7
Rivalinnen 20
Music-Halls 29
Waffenpause 38
Die besten Jahre 49
April 58
Die Hochzeit 68
Die Ranken des Weinstocks 79
Schlaflose Nacht 83
Grauer Tag 89
Lied der Tänzerin 95
Schminken 98
Tag und Nacht 103
Wie sieht denn das aus! 114
Die Genesung 125
An eine junge Frau 136
Weihnachten bei uns zu Hause 162
Neujahrsträumerei 169

Florie

»Warum einen Jongleur, Arsène? Neuerdings wieder gefragt, Jongleure?«

»Wen soll ich denn sonst engagieren? Doch nicht etwa einen Sänger? Oder eine Tänzerin? Ich hab ein Loch in meiner Revue. Das muß ich stopfen.«

»Jaj«, sagte Florie nachdenklich, »jaj...«

»Wenn sie in Gedanken versunken war, kehrte sie unwillkürlich zu dem sympathischen Dialekt ihrer Vorstadt-Heimat zurück.

»Wie geht's dem Abgestürzten, Arsène?«

»Jackie? Gut, wenn man den Leuten in der Klinik glauben darf. Berufsrisiko — eine gebrochene Kniescheibe, du weißt, was das heißt...«

Abergläubisch streichelte Florie ihre eigene ovale Kniescheibe, dieses kostbare Scharnier ihres Tänzerinnenbeins.

»Hoffentlich passiert mir das nicht auch einmal...«

»Also«, nahm Sutter den Faden wieder auf, »ich probier's mal mit dem Burschen, diesem Jongleur. Seine Nummer ist gut. Und auf jeden Fall wird er immer die Frauen auf seiner Seite haben, er ist nämlich ein bildhübscher Kerl.«

»Mach, was du für richtig hältst«, sagte Florie gleichgültig.

Grünlich wie Wasserleichen in dem blauen Licht eines Scheinwerfers standen die berühmte Florie und Arsène Sutter Schulter an Schulter zwischen den Kulissen. Der Direktor und sein Star, beide von Berufs wegen gewohnt zu warten und sich im Stehen auszuruhen, wechselten gewöhnlich nur wenige Worte miteinander. Doch diesmal wandte sich Sutter zu Florie um.

»Willst du dich nicht setzen?«

»Worauf?« erwiderte Florie ironisch.

Reglos schwebte über ihnen, auf der Spitze einer sonderbaren Pyramide, eine Statistin, die in den Volants ihrer rosa Musselinröckchen zur Hälfte verschwand. Sie wartete auf ihren Auftritt als *Krinoline* in dem Bild »die Mode des zweiten Kaiserreichs«. Weil die Kulissen den ganzen Raum verstellten, zog man sie allabendlich auf eine Höhe von vier Metern, und dort hing sie dann, von der Umwelt abgeschnitten, fünfundzwanzig Minuten in der Luft.

»Ich bin nicht müde«, setzte Florie hinzu.

Sutter warf ihr einen bewundernden Blick zu, aus dem sowohl Zärtlichkeit als auch Geschäftssinn sprachen. Dreihundert Abendvorstellungen jährlich, zwei Matineen in der Woche, die zusätzlichen Matineen an Feiertagen, die dreimonatigen Probezeiten, wechselnde Rollen, Tanz- und Gesangsauftritte, dies alles ging seit fast dreißig Jahren an Florie vorüber, ohne daß ihre Kräfte oder ihre Schönheit darunter gelitten hätten.

»Jetzt kommt gleich der Jongleur dran«, sagte Sutter.

»Wie heißt er gleich?« fragte Florie.

»Lola.«

»Lola? Schon wieder so ein Transvestiten-Gag?«

»Aber wo«, sagte Sutter. »Lola, so behauptet er jedenfalls, ist ein russischer Männername.«

Florie brach in schallendes Gelächter aus. Auf jedem ihrer makellosen Zähne blitzte ein blauer Funke, zwei blaue Fünkchen tanzten in ihren vergißmeinnichtblauen Augen.

‚Sie ist großartig', dachte Sutter voll Bewunderung. Die dichte, glatte Schminke ließ nicht allzu viel erkennen von der wahren Florie. Sie reckte das Kinn in die Höhe, teils aus Gewohnheit, teils um die Fältchen an ihrem Hals zum Verschwinden zu bringen. Aus nächster Nähe aber sah Sutter unter dem Ohr und dem Kinn des Stars senkrecht hervortretende Sehnen und halsbandartige Querfalten, ein komplexes Spiel schlaffer Muskeln und ermüdeter Haut. Am besten hielten sich die Wangen, dank ihrer hohen Backenknochen und einem meisterhaften, frischen, hellroten Make-up, über dem die in geschickt abschattierten Violettönen geschminkten Lider hinter einem Strahlenkranz glänzender Wimpern und den streng waagrechten, dunkelblauen Brauen kaum noch zu sehen waren. Schwer und behutsam legte Sutter seine Hand auf Flories nackte Schulter, nicht anders, als er es bei einem teuren, unschlagbaren Rennpferd getan hätte. Die Bühnenarbeiter begannen in Bastschuhen und Filzpantoffeln diskret um sie herumzuschwirren, mit allem gebührenden Respekt vor diesem Paar, das sowohl Strafen als auch Belohnungen auf sie herabregnen lassen konnte.

»Da kommt Lola«, wisperte Sutter. »Er tritt von der Gartenseite her auf und geht durch den Hof ab.«

Ernsthaft beobachtete Florie die Nummern des Jongleurs, der eine merkwürdige Auswahl leichter Gegenstände abwechselnd mit schweren goldenen Kugeln in die Luft schleuderte. Rosenblütenblätter aus Papier, Federn, kleine gefiederte Pfeile, die im Bogen durch die Luft segelten und dann senkrecht herabstürzten, bunte Bänder und Schmetterlinge aus Zellophan schwebten langsam zwischen den blitzschnell steigenden und fallenden Kugeln, wie gezähmt von den Händen des Jongleurs.

»Wirklich originell«, sagte Florie anerkennend.

Zum Abschluß ließ Lola noch Bumerangs fliegen und ging dann ebenso lässig ab, wie er aufgetreten war. Es schien ihn weder zu wundern noch zu berühren, daß er fünfmal auf die Bühne zurückgerufen wurde. Während er sich nach allen Seiten verbeugte, ließ er seinen Blick über den Saal schweifen, und dabei konnte das Publikum feststellen, daß Lola helle, grüne oder graue Augen und dichte, pechschwarze Locken hatte, die durch Haarpomade nicht zu bändigen waren. Insgesamt ein ungewöhnlich gut aussehender Bursche, unten schmal, oben breit, dessen Anziehungskraft fast verdächtig erschienen wäre, hätte man in seinen klaren grauen Augen nicht den unerschütterlichen Ernst und die gespannte Konzentration lesen können, die sein Beruf von ihm forderte.

Sutter wandte sich an Florie:

»In Ordnung?«

»In Ordnung«, sagte Florie, indem sie vorsichtig über die umherliegenden Stromkabel stieg.

»Und tatsächlich ein bildhübscher Kerl, was auf keinen Fall schaden kann«, setzte sie hinzu.

Am nächsten Tag bei der Nachmittagsvorstellung ging der Jongleur irrtümlich durch den hofseitigen Bühneneingang ab und hätte dabei um ein Haar Florie umgestoßen, die unter dem blauen Scheinwerfer in der Kulisse stand.

»Oh! Pardon, Madame Florie... ich habe diese Nummer bis vor kurzem in Brüssel vorgeführt, wo ich durch denselben Eingang auftrat und abging, deshalb...«

»Sie werden auf die Bühne zurückgerufen«, unterbrach ihn Florie, »Gehen Sie sich nochmals verbeugen.«

Als der Vorhang zum zweitenmal fiel, hatte Florie ihren Standplatz bereits verlassen. Gleich einem Säulenheiligen betrachtete die Statistin von ihrem rosa Musselingipfel herab alle irdischen menschlichen Probleme mit traurigem, abgeklärtem Engelsblick, und während der Jongleur davonschlich, rief der erste Regieassistent:

»Ihr Auftritt, Madame Florie!«

»Wieso haben Sie mir denn Blumen geschickt?« fragte Florie den Jongleur am nächsten Tag.

Sie stand unter dem Scheinwerfer, dessen düsteres blaues Licht an ihr hinabrieselte, von dem hocherhobenen Kinn über die Schultern und die zarte Rundung der Hüften bis zu ihren paillettenbestickten Schuhen.

»Ich wollte mich dafür bedanken, daß Sie mir zu einem zweiten Vorhang verholfen haben«, antwortete Lola.

Er sprach fast akzentfrei, rollte nur das R wie ein Spanier, doch er redete den vergötterten Revuestar ohne den leisesten Anflug von Schüchternheit an und ließ den Blick seiner grau-grünen Augen ganz gemächlich von Flories Augen zu ihren Zähnen und von dort weiter zu ihren vielgerühmten Beinen gleiten.

»Sehr eigenartig ist Ihre Nummer«, sagte Florie.

Er ging auf dieses Kompliment nicht ein, verzog bloß die Lippen zu einer verächtlich-bescheidenen Grimasse, und Florie, die eben diese gefährlichen Lippen, den weichen, kindlichen Schmollmund des Mannes betrachtet hatte, zog erbebend die Schultern hoch.

»Ist Ihnen hier nicht kalt, Madame?«

»Nein«, sagte Florie. »Ich bin's gewohnt. Was glauben Sie!...«

Sie unterbrach sich bei diesem ‚was glauben Sie', das auf die Länge ihrer Karriere anspielte, und fuhr dann fort:

»Was hat Sie eigentlich auf die Idee gebracht, mit diesen fliegenden Dingern zu arbeiten?«

»Gott weiß es«, sagte Lola. »In meiner Heimat, wissen Sie, da gibt es riesengroße Rosenbüsche, und man sieht die... die Rosenblätter fallen...«

Er hob den Arm und schnippte mit den Fingern durch die Luft. Florie, die seiner Geste mit den Augen gefolgt war, hielt über ihrer beider Köpfe Ausschau nach einem Regen fallender Blütenblätter, begegnete jedoch nur dem leeren Blick der erschöpften, regungslos von der Decke hängenden kleinen *Krinoline.*

»Bis morgen«, sagte sie mechanisch, indem sie dem Jongleur die Hand entgegenstreckte.

Ihr nach der harten Arbeit tiefer und ruhiger Schlaf wurde in dieser Nacht durch Träume und Erinnerungen gestört, durch Bilder von längst vergessenen Gesichtern und riesengroßen Rosenbüschen, deren Blütenblätter der Wind mit sich forttrug...

Die Tage verstrichen, nur durch die flüchtige tägliche Begegnung, ein kurzes, banales Gespräch zwischen Florie und dem Jongleur unterbrochen. Die Wärme seines Tonfalls, ein Blick von ihm genügten ihr, gaben ihr die Kraft, fehlerlos zu tanzen, in fieberhafter Eile die Kostüme zu wechseln, »ihr« Publikum auf der zweiten Galerie, das dicht gedrängt wie ein zum Ausschwärmen bereiter Bienenschwarm hoch oben unter der Kuppel saß, zu Begeisterungsstürmen hinzureißen...

»Ich finde dich einfach fabelhaft!« sagte Arsène Sutter. »Wo nimmst du bloß diese Energie her?«

An dem Abend, an dem Florie in Lolas hellen, graugrünen Augen eine Art unwiderstehlicher Rachsucht, eine wortlose Drohung, eine Verwirrung gleich jener, die auch ihre eigenen Träume beherrschte, entdeckte, an dem Abend wirbelte sie leichtfüßig wie eine Ballerina über die Bretter, verausgabte sich mit der Anmut, dem Schwung einer Fünfundzwanzigjährigen. Unter dem blauen

Scheinwerfer wandte sie Lola das schöne Antlitz einer Wahnsinnigen zu und gestand alles:

»Ich würde mich so freuen, wenn Sie nach der Vorstellung in meine Garderobe kämen, um ein Glas Champagner mit mir zu trinken!«

»Ich trinke nur Wasser«, antwortete Lola und schwankte schon im nächsten Augenblick wie ein Betrunkener, denn zum erstenmal hatte Flories Knie mit sanftem Druck das seinige berührt. Florie lehnte sich ein wenig vor, fuhr mit dem Finger über die köstlichen Konturen dieses Mundes, den sie begehrte, und flüsterte:

»Gut, dann warten wir noch, bis die Osterfeiertage mit unseren sechs Vorstellungen innerhalb von drei Tagen vorüber sind. Am Ostermontag um Mitternacht kredenze ich Ihnen Eiswasser... bei mir... wenn Sie wollen...«

Wortlos nahm er sie in die Arme, drückte den langgestreckten Körper, der seine betörenden Proportionen nicht verloren hatte, an sich, und mit tragischer Miene senkte Florie die blauen Lider.

Am Abend darauf mißlangen dem Jongleur hintereinander drei seiner effektvollsten Nummern, und nachdem das Publikum zuerst gemurrt hatte, brach es schließlich in Applaus und Gelächter aus.

»Wer hat mir bloß eine solche Niete untergejubelt«, sagte Sutter, seine roten Brauen runzelnd.

»Ich habe ihn ja nicht engagiert«, erwiderte Florie, nicht ohne Tücke.

»Was hat er dir denn gesagt, gestern abend hinter der Kulisse?«

Florie tat so, als wäre sie kurzsichtig, und schien in dem fernen »Garten« die Vorbereitungen für das nächste Bühnenbild zu fixieren.

»Gestern abend?... Ach ja, er sagte, daß er nur Wasser trinkt, stell dir vor.«

»Wie interessant«, brummte Sutter.

»Wär's dir vielleicht lieber gewesen, er hätte mich in den Hintern gezwickt?«

Sutter war nahe daran, zu antworten, doch dann sah er Florie an und schwieg. Vor langer Zeit, als sie ein Liebespaar gewesen waren, hatte er das schon einmal gesehen: dieses hochmütige Löwinnengesicht, diese durch Blähung der Nüstern verbreiterte Nase, diese Augen, die einer erhobenen Männerfaust standzuhalten vermochten...

Hinter der Kulisse maßen Florie und Lola einander stumm, mit glühendem Blick, wie Feinde. »Übermorgen...«, flüsterte Florie, und Lola, dem eben drei goldene Kugeln in den Orchestergraben gerollt und Schwärme von Federn und Schmetterlingen außer Kontrolle geraten waren, ging unter den Buhrufen des Publikums stolz und ungerührt ab.

»Komische Stimmung, heute abend«, sagte Florie, als sie nach ihrem Auftritt die Bühne verließ. »Ich spüre das Publikum überhaupt nicht, es ist wie ein morsches Brett. Woran liegt das nur?«

Man klärte sie darüber auf. Sie runzelte die dunkelblauen Augenbrauen und fuhr dann fort, die Stunden zu zählen, die sie noch trennten von einem tête-à-tête, einem Festmahl seltener Früchte, einer Eiswasser-Orgie, bei der das kühle Naß, berauschend wie Champagner, in geschliffenen Gläsern glitzern würde...

Den vorletzten Vormittag widmete sie einer heroischen und minutiösen Prüfung ihres Körpers. Gewöhnlich brachte sie die nötige kosmetische Behandlung wohlbekannter Alterserscheinungen in kürzester Zeit und mit harter Hand hinter sich. »Ich behandle mich selbst wie ein Möbelstück«, pflegte sie zu sagen. An diesem Morgen jedoch, an dem sie gewissermaßen in einem Laboratorium stand, das von dem keuschen, unerbittlichen Licht der Frühlingssonne durchflutet war, kostete es Florie Mühe, ihr Spiegelbild zu ertragen. Sie betrachtete es lange, gestand ihm ihre Absicht, eine verspätete, große Dummheit zu begehen, beichtete ihm reumütig, daß es sich diesmal nicht um Lust und Laune, sondern um echte Leidenschaft und verlerntes Leid handeln werde.

Wie lange hatte sie schon nicht mehr erlebt, daß ihr Tränen in die Augen stiegen und dann mit einem plötzlichen Satz den Lidrand übersprangen... Es gelang ihr nicht, sie rechtzeitig zurückzuhalten, ihre Gesichtszüge verschwammen und ertranken in dem Spiegel...

Etwas früher als sonst betrat sie ihre Garderobe und schloß sich darin ein. Als sie draußen auf dem Flur den Klang von Lolas lässigem Schritt erkannte, hielt sie den Atem an und wartete. Dann öffnete sie die Tür einen Spalt breit und warf nur einen kurzen Blick auf die sich entfernende Gestalt, auf den vollendet schönen Nacken, auf die Schultern, die mühelos ein totes Reh hätten tragen können...

Durch die verschlossene Garderobentür hindurch hörte sie den zornigen Tumult, den die Ungeschicklichkeit des Jongleurs beim Publikum auslöste. Um die Leute zu besänftigen und wieder in den Griff zu bekommen, bedurfte es des unfehlbaren Humors, der Dompteusen-Ausstrahlung von Florie. Sie stand ein wenig zittrig auf den Beinen, als sie nach ihrem Auftritt auf Arsène Sutter wartete.

»Du weißt, was geschehen ist, Arsène?«

»Mit dem Jongleur? Ja, natürlich.«

»Hast du ihn gesehen?«

»Von meiner Loge aus, ja.«

»Und was sagt er?«

»Der? Der lacht nur darüber. Ist ihm völlig egal, sagt er.«

Florie beugte sich über ihren Spiegel und schob heimlich ein tränenaufsaugendes Papierröllchen zwischen ihre Wimpern.

»Ach so? Aber mir, mir ist es nicht egal, wenn ich nach dem Auftritt dieses Typs mein Publikum in wütender Aufregung vorfinde... Arsène, tust du mir einen Gefallen?«

»Soll ich die Nummern vertauschen?«

Florie zögerte nur eine Sekunde:

»Nein. Das ist der Typ nicht wert. Wo du ihn auch einsetzt, er wird uns überall Schwierigkeiten machen.«

»Ich löse also den Vertrag mit ihm?«

»Ja, Arsène. Und zwar sofort. Hohes Abstandshonorar?«

»Nicht der Rede wert. Soll ich ihn bei der Abendvorstellung noch auftreten lassen?«

»Nein... Nein, Arsène. Zahl ihn aus. Regle die Sache freundschaftlich mit ihm, großzügig. Arsène... hör mal, Arsène...«

»Schon gut, schon gut. Du weißt ja, daß du es nur zu sagen brauchst, wenn du was willst. Reg dich nicht auf, mein Schätzchen. Übrigens, möchtest du nicht nach der letzten Vorstellung was essen mit uns, meiner Frau und mir?«

»Nein... Mein Magen ist wie zugeschnürt, Arsène...«

»Eben deshalb. Ein halbes Dutzend Austern und ein kleines Pfeffersteak wären genau das Richtige für dich. Ich habe das sichere Gefühl, daß du bei deinem Auftritt heute ganz großartig sein wirst.«

Florie hob Sutter ihr durch die Schminke geschütztes Gesicht entgegen:

»Willst du, daß ich großartig bin, Arsène?«

»Ich bestehe darauf!»

Sie warf den Frisiermantel von sich, und die Garderobiere legte ihr einen gewichtlosen Traum aus rosa Federn über die Schultern, der geräuschlos und ohne Eile bis zu ihren Knöcheln hinabrieselte; dann folgte sie Flories hohen Absätzen, ihrem arroganten Schritt.

»Laß mich nicht allein, Arsène!...«

»Ich laß dich nicht allein, mein Schätzchen.«

»Begleit mich bis zur Kulissentür. Gib mir deinen Arm, Arsène...«

Arm in Arm betraten sie den Raum hinter der Bühne, von der ihnen eine Woge lauter Musik entgegenschwappte.

Die große, beschützende Hand des Direktors löste ihren Griff erst in dem Augenblick, als eine Klangwolke Florie emporhob und auf die Bühne hinaustrug. Hinter einem gemalten Azaleenstrauch versteckt, verfolgte Sutter mit feinem Gehör die Geräusche auf der Bühne. Zwischen zwei Blumenkränzen hindurchspähend, erhaschte er einige charakteristische Eindrücke von Florie: Florie mit zurückgeworfenem, lichtüberflutetem Antlitz, alle Zähne sichtbar, Florie im Profil, mit eingezogenem Bauch, Flories typisches Aufstampfen, ihr unverwechselbarer Rhythmus beim Walzertanzen...

Beruhigt wischte er sich den Schweiß von der Stirn, stieß einen tiefen Seufzer aus und kehrte zurück in sein Direktionsbüro.

‚Hübsches Kleid', befand Clara. ‚Doch mir scheint, Antoinette sieht nicht besonders gut aus. Vielleicht auch nur, weil ich mir wünsche, daß sie nicht gut aussehen soll. Wir werden ja sehen, was er davon hält. Wie kann ein Mann mit Geschmack sich bloß für eine Frau mit einer so hohen Stirn interessieren?'

Sie beugte sich über die Schulter einer jungen Frau, die auf einem der vergoldeten Stühle vor ihr in der ersten Reihe saß.

»Sind Sie schwindelanfällig, Marise?«

»Schwindelanfällig?... Ja, allerdings«, antwortete Marise eilfertig. »Erinnern Sie mich nicht daran, allein bei dem Gedanken fühle ich schon ein Ziehen in den Waden...«

»Dann sehen Sie nur ja nicht auf Antoinettes Stirn. Die reinste Abfahrtspiste. Schneewüste, so weit das Auge reicht. Ihre Haare beginnen irgendwo dort hinten, weit hinter ihrem Kopf. Das ist... ich weiß nicht, wie ich sagen soll... unanständig.«

Mit gut gespielter Schamhaftigkeit ließ sie eine dicke Welle roter Locken über ihre Stirn fallen. Aufmerksam gemacht durch die wundersame Telepathie der Feindschaft, richtete Antoinette im selben Moment ihre leuchtenden schwarzen Augen auf sie — und wußte alles. Sogleich flüsterte sie einer dicken, mit violetten Pailetten gepanzerten Dame am Nebensitz aufgeregt etwas ins Ohr und zeichnete dabei mit dem Fingernagel parallele Linien auf ihre hohe, glatte Stirn... Clara, die ihre Stirn nicht nur aus modischen Gründen verdeckte, biß die Zähne zusammen.

‚So weit ist es mit uns also gekommen', dachte sie. ‚Ließe man uns einmal alleine, Antoinette und mich — wer weiß, wozu wir dann fähig wären? Sie würde mir an die Kehle springen, ich würde sie an ihren herrlichen Haaren hinter mir her schleifen, an diesen langen schwarzen Zöpfen, die sie sich niemals hat abschneiden lassen und die sie mir früher so oft um den Hals gelegt hat... Es ist abscheulich...'

Sie erschauerte und legte sich eine leichte Hermelinstola über die Schultern... Vergeblich übertraf das Capet-Quartett sich selbst im letzten Satz von Brahms. Vergeblich vereinten sich zwei Stimmen auf die wunderbarste Weise in einem flotten, ironischen Monteverdi-Duett. Antoinette ständig im Auge behaltend, wartete Clara auf das Eintreffen eines Mannes. ‚Vor dem Ende seines Stücks wird er nicht kommen. Heute ist die zweite Aufführung. Mein Gott, ich kenne mich doch aus: einen Dramatiker kann es nicht gleichgültig lassen, ob... Da ist er!'

Sie zupfte den Kragen ihres Kleides zurecht und warf sich in jene Pose, die er am liebsten mochte: kurzsichtiger, unverschämter Blick, der gewellte Haarschopf bis zu den Augenbrauen in die Stirn fallend. Während er die Hausfrau begrüßte, danach die Dame in Violett und dann Antoinette, hörte Clara beinahe zu denken auf. Sie war nur noch ganz Auge und glaubte, ganz Liebe zu sein. Sie registrierte, daß Er — das Durcheinander ausnützend, das der Erfolg der Sänger ausgelöst hatte — vor Antoinette stehen blieb. Sie überzeugte sich, daß Er Antoinette nicht die Hand, sondern das Handgelenk, genaugenommen also den Arm geküßt hatte. Vor Ungeduld wie zu Eis erstarrt, beobachtete sie, daß Antoinette sitzen geblieben war, während Er stand und sich am Anblick einer unvergleichlichen, hügeligen, wogenden Fleischlandschaft gütlich tat, die so weiß war wie das Kleid, in das sie überging... Die Eifersucht trieb Clara brennende Tränen in die Augen, und mit zittriger Hand öffnete sie ihre goldene Puderdose...

»Soll ich Ihnen nicht den Tenor vorstellen?« schlug die Bekannte in der ersten Reihe vor.

»Nein!« antwortete sie viel zu laut.

Über eine Entfernung von sechs Schritten hörte Er, erkannte Er Claras Stimme und kam zwischen zwei Reihen leerer Stühle von der Seite auf sie zu. Aus Freude, sie zu sehen, oder nur vorsichtshalber lächelte er ihr schon von weitem mit jener zerstreuten Zärtlichkeit zu, zu der ihn die Form und der dunkle Schmelz seiner blauen Augen befähigten. Er war nicht mehr ganz jung, doch sein schmeichelhaft schlechter Ruf und seine Theatererfolge ließen die Frauen immer noch vergessen, nach seinem Alter zu fragen. Seitdem er den Anschein erweckte, sich verehelichen zu wollen, seitdem eines seiner Stücke, in dem er das Junggesellendasein durch den Kakao zog, ältlichen Fräuleins und unerschrockenen jungen Frauen Anlaß zur Hoffnung gab, seither sprachen Antoinette und Clara — Witwe die eine, geschieden die andere und enge Freundinnen von Kindheit an — kein Wort mehr miteinander.

»Guten Abend, Chiarissima!«

Sie war außer sich vor Glück, mußte jedoch immerzu denken: ‚Sie sieht uns zu, sie sieht uns zu!' und bedachte den über sie gebeugten Bussy mit dem vertrauensvollen Lächeln einer Internatsschülerin, die in ihren Patenonkel verliebt ist.

»Dieses rosa Kleid!« sagte er.

»Gefällt es Ihnen?«

»Gar nicht.«

»Oh«, jammerte sie, »wieso denn nicht?«

»Zu rosa. Und überhaupt... Ein faunisches Geschöpf wie Sie trägt keine rosa Kleider mit Volants. Wenn man über einem Paar grüner Augen einen solchen Ziegenschopf hat, so eine fuchsrote Bacchantinnenfrisur, nein, dann trägt man keine volantbesetzten Kleider, dann bekleidet man sich mit einer Blumengirlande, hüllt sich in eine Tierhaut, eine sehr kleine Tierhaut...«

Mit absichtlicher Respektlosigkeit zog er blitzschnell an dem Bouquet roter Locken, das auf Claras Stirn wippte. Sie konnte es sich nicht verkneifen, einen leisen Schrei auszustoßen, der Antoinette mitten durch das Herz gehen mußte. Bleich und aufmerksam saß die Rivalin mit einem Glas Orangensaft in der Hand, das sie so hielt, als wäre es ein Schierlingsbecher, und trank keinen Schluck.

»Wie ist das Stück denn heute abend gegangen?«

»Gut.«

»Nicht mehr als gut?«

Bussy lächelte ihr dankbar geschmeichelt zu.

»Doch, mehr als gut.«

»Und das Rezept?«

»Zweiundzwanzigtausend trotz Freikarten. Ich verrate Ihnen alle meine Geheimnisse.«

»Wirklich alle?«

»Alle bis auf eines. Bei diesem einen aber warte ich darauf, daß Sie es mir entreißen.«

Sie erhob sich, als hätte man sie zum Tanz aufgefordert, mit mutwilligem Schwung. Mehr wollte sie heute abend gar nicht hören. Von dem heutigen Abend würde sie nur diese Worte mitnehmen, dieses zweideutige Versprechen, und den verliebten, herausfordernden Unterton, in dem Er gesprochen hatte.

»Sie gehen schon?«

Sie antwortete mit einer Geste, reichte ihm ihre Fingerspitzen, und als Bussy vorsichtig die Stimme senkte, um zu fragen:

»Werden Sie morgen...«, da sagte sie:

»Ich werde Sie morgen kurz vor elf anrufen. So wie üblich.«

Sie kam zu der Reihe, in der Antoinette wie festgenagelt neben der violetten Dame saß, während die anderen Stühle durch den Aufbruch der Musikliebhaber zum Buffet schon völlig aus der Ordnung geraten waren. Niederträchtig streifte sie im Vorübergehen das weiße Kleid, murmelte: »Pardon...« und sah dabei in eine andere Richtung.

Clara erwachte täglich zur selben Stunde, und zwar mit einem Schlag. Seit sie in Robert Bussy verliebt war, flogen ihre ersten klaren Gedanken zu jener, die ihn ihr streitig machte. Sie brach im Geist Antoinettes Wohnungstür auf, stieg eine ihr wohlbekannte Treppe hoch, schlüpfte in ein einst vertrautes Zimmer, dessen elfenbeinfarbene Seidentapete so gut harmonierte mit der Elfenbeinhaut einer dunkelhaarigen Frau, und blieb erst unmittelbar vor dem Bett stehen, in dem, bewacht von ihren zwei langen schwarzen Zöpfen, eine schöne, blasse Rivalin schlief. »Wach auf! Wach auf!« befahl das Morgengespenst. »Wach auf, um dir Sorgen zu machen und Verdacht zu schöpfen; wach auf, um wieder an unser Tagwerk zu gehen!«

Wenn sie besonders eifersüchtig war, fühlte sie sich wie berauscht durch die Halluzination dieser Gespensterbesuche und zog sich nur langsam und widerstrebend aus dem weißen Zimmer zurück...

Abends, nachdem sie an Bussy gedacht hatte, sich nach Bussy gesehnt hatte, das bißchen Sicherheit erwogen hatte, das Bussy ihr gab, führte ihr letzter klarer Gedanke sie nochmals gebieterisch zu der einstigen Freundin zurück. Fast freundschaftlich wünschte sie ihr eine »schlechte Nacht«, rekapitulierte die Geschehnisse des vergangenen und machte Pläne für den kommenden Tag. Wenn eine Einladung, ein Hauskonzert oder ein Tanzabend bevorstanden, bei denen sie außer Bussy voraussichtlich auch ihre ehemalige Freundin treffen würde, verspürte sie eine Art Schock und fühlte zitternd, wie ihr das Blut in die Wangen stieg und diese mit einer Zornesröte schminkte, die sie noch schöner machte... Natürlich ging es ihr vor allem darum, Bussy zu verführen. Doch gleichzeitig — manchmal sogar noch zuvor — mußte sie, durch genaues Studium von Antoinettes Gesten und Handlungen, die feinen Netze auflösen, die Antoinettes Leidenschaft, Antoinettes Diplomatie um Bussy gesponnen hatten, die feinen Netze dieser Geheimniskrämerin, dieser verbrecherischen, gehaßten Antoinette... Unermüdlich zückte Clara in Richtung ihrer Rivalin die Waffe des stetigen an-sie-Denkens...

Nun geschah es, daß die Tag und Nacht zur Kapitulation, zum Verschwinden aufgeforderte Antoinette, sich tatsächlich in Luft auflöste und vom Erdboden verschwand. Und das war das einzige Ereignis, das Clara, so sehr sie es auch herbeisehnte, wahrlich nicht erwartet hatte. Bei der Premiere von Bussys neuestem Stück *Brunnen ohne Grund* beugte sich Clara, die strahlend in ihrer Loge saß, über die mit rotem Samt bezogene Brüstung und ließ ihren Blick suchend über den Saal schweifen.

»Wo ist denn Antoinette?« fragte sie den Autor während der ersten Pause.

»Sie haben mich nicht mit ihrer Beaufsichtigung betraut«, erwiderte Bussy, beleidigt, daß Clara andere Dinge im Kopf hatte als seine drei Akte.

Sie dachte, er lüge sie an, und beharrte nicht weiter darauf. Doch Antoinette blieb auch der »Venezianischen Nacht« fern, welche die Fauchier-Magnans in ihrem Park veranstalteten, und versäumte daher den Anblick der schaukelnden Gondel, in der Bussy als weißgekleideter Doge und Clara als rotgekleidete Edelfrau auf schwarzen Kissen ruhten...

»War das ein tolles Fest!« ereiferten sich tags darauf Claras Freundinnen.

»Ja...« sagte sie geistesabwesend, »sehr schön. Nur fehlte... ich weiß nicht, was... Vielleicht irre ich mich auch... Sehr, sehr schön...«

Sie langweilte sich öfter, zeigte eine Ungeduld, die man an ihr nicht kannte, sehnte sich nach Abwechslung... An dem Tag, an dem Bussy ihr gestand, er sehe nun keinen Sinn mehr darin, einsam zu bleiben, und Clara sein Herz zu Füßen legte, stürzte sie sich wie wild darauf. Erst wünschte sie sich unbedingt eine »Bauernhochzeit«, das heißt also einen Massenandrang von Parisern in einer kleinen Dorfkirche, eine Jause unter freiem Himmel, rote Rosen auf einem rustikalen Tischtuch aus handgewebtem Leinen... Dann verzichtete sie auf ihre kindische Landromantik, als ihr nämlich einfiel, daß Antoinette nicht einmal heimlich daran teilnehmen konnte... Ja, übrigens: wo ist eigentlich Antoinette?...

Sie beschloß diese Frage, der sie im Stillen ständig nachhing, laut auszusprechen, und man lachte ihr ins Gesicht:

»Leben Sie denn am Mond, Clara! Antoinette hat den schönsten ihrer Cousins geheiratet und reist mit ihm quer durch Indien. Für die Trauung haben sie keine zehn Minuten gebraucht, doch die Hochzeitsreise soll zwei Jahre dauern...«

Eines Mittags, als sie mit Bussy im Freien saß, bemerkte sie, daß es Frühling geworden war und die Blüten des Apfelbaums in ihr Glas Apfelmost segelten. Bussy, dem ihre Schweigsamkeit auffiel, legte seine Hand auf die ihre. Sie sah zu ihrem Verlobten auf und fühlte dabei jene Langeweile in sich hochsteigen, welche die Frauen den Männern vorwerfen, die sie nicht lieben. Er fing an, ihr die Handlung seines nächsten Stücks zu erzählen. Darauf wurde Clara von einem so beängstigenden nervösen Gähnkrampf erfaßt, daß sie glaubte, krank zu sein, und sich nach Hause bringen ließ.

»Vor dem Abendessen erkundige ich mich, wie es Ihnen geht«, sagte Bussy besorgt.

»Nein, nein, ich rufe Sie an. Mir fehlt ja nichts...«

Es kam kein Anruf, sondern ein kurzer Brief, ein so freimütiger Brief, daß sein männlicher Stolz ihn nicht für wahr halten konnte... ‚Da steckt ein Mann dahinter', folgerte er. ‚Sie hat mich betrogen...' Worin er irrte. Clara lag friedlich im Bett, gab sich der wohltuenden Wirkung einer Aspirintablette hin, und hinter ihren geschlossenen Lidern verblaßte Bussys Bild allmählich. Kurz bevor sie einschlief, löste es sich sogar vollends auf, um einem anderen Bild Platz zu machen, das Clara ohne Zorn und ohne schmerzliches Herzklopfen begrüßte und wie ehedem mit dem abgekürzten Vornamen ansprach: »Anto!« Sie weinte, aber sanft und leise. In der Hoffnung, daß eine alte, lange Freundschaft zwei Frauen einander wieder näher bringen werde, die nur kurzzeitig getrennt gewesen waren durch das Zwischenspiel einer männlichen Eintagsfliege, begann Clara sich immer mehr zu sehnen nach der abwesenden, der vermißten, der unersetzlichen Antoinette...

Music-Halls

Kostümprobe einer Aufführung, die als »Sensation« angekündigt wird. Durch die nach Gips und Ammoniak riechenden Korridore und den dunklen Abgrund des Orchestergrabens flitzen unheimlich aussehende Gestalten... Nichts funktioniert. Das düstere Bühnenbild, das das Licht verschluckt, statt es zu reflektieren, ist nicht fertig; die Scheinwerfer sind falsch eingestellt — und das rustikale, von rotem Weinlaub umrankte Bühnenfensterchen läßt sich zwar gutwillig öffnen, aber leider nicht mehr schließen!...

Der überarbeitete Schauspieler W. sitzt da wie die Kameliendame, eine Hand gegen die Brust gepreßt, um seinen rauhen Husten zu unterdrücken; er hustet wahrhaft erschreckend, hustet, als wollte er sein Leben aushauchen, und in der Art, wie er dabei das Gesicht verzerrt, liegt eine Dramatik!... Der jugendliche Liebhaber hat sich in der Aufregung als Trunkenbold geschminkt, rote Nase und bleiche Ohren, wofür er sich von der ersterbenden Stimme des Mimen W. »Hochofen, Schuhmacher«, ja sogar »Vaseline« schelten lassen muß. Nichts funktioniert, nichts wird klappen!

Der Direktor ist anwesend, er steht auf der Bühne, ebenso wie der große Produzent, der nur bei kostspieligen Produktionen persönlich in Erscheinung tritt. Der Komponist — ein großer, teigiger

Mensch, der so aussieht, als hätte er überhaupt keine Knochen — hat, alle Hoffnung fahren lassend, hinter den Kulissen das alte, durch schmalzige Weisen ausgemergelte Probenklavier entdeckt und putzt sich, wie er sagt, nun die Ohren mit ein wenig Debussy... »Mein langes Haar reicht bis zum Fuße des Turms...« Die Orchestermusiker dagegen sind offensichtlich damit beschäftigt, Frankreichs Pferdezucht zu verbessern; vom Kontrabaß bis zur Piccoloflöte wird die Zeitschrift »Jockey« herumgereicht...

»Und was ist mit Mme Loquette?« schreit der Direktor aufgebracht, »man sieht sie nicht eben häufig!«

»Ihr Kostüm ist noch nicht fertig«, krächzt der Mime W. zwischen zwei Hustenanfällen.

Der Direktor springt auf und bellt mit über den Orchestergraben gestrecktem Kiefer zur Bühne hinauf:

»Was? Was sagen Sie da? Ihr Kostüm ist noch nicht fertig? Ein Kostüm mit Verwandlungseffekt, und das am Tag der Generalprobe! Da können wir ja am besten gleich zusperren, mein Bester!...«

Der Mime W. vollführt eine Geste der Ohnmacht, ja vielleicht eine Geste des Abschieds vom Leben: er ist soo schwer erkältet!... Plötzlich springt der Sterbende hoch wie ein Stehaufmännchen und brüllt mit unvermutet wiedergefundener Stentorstimme:

»Himmelfix! Hände weg von meinem Himbeersaftdolch!«

Mit behutsamen Krankenschwesterhänden betastet und prüft er seinen Trickdegen, ein Präzisionsinstrument, aus dem klebrige rote Tropfen hervorquellen.

»Ah, da ist ja endlich Mme Loquette!«

Mit lauten Rufen der Erleichterung eilen alle der Hauptdarstellerin entgegen. Der dicke Produzent rückt sein Monokel zurecht. Mme Loquette, die jämmerlich friert, drückt die Ellbogen gegen den Leib und zieht die Schultern hoch unter ihrem möglicherweise monetenegrinischen, wahrscheinlich kroatischen, nein, eigentlich moldauisch-walachischen Kostüm, dem bei genauerer Betrachtung freilich auch etwas Dalmatinisches anhaftet... Sie ist hungrig, da sie eine vierstündige Kostümprobe bei Landolff hinter sich hat, und gähnt vor Nervosität...

»Lassen Sie's uns mal sehen, dieses sagenhafte Kostüm!«

Man ist enttäuscht. »Zu schlicht«, murmelt der Herr Direktor. »Ein bißchen dunkel für meinen Geschmack«, bemerkt der dicke Produzent. Der Schöpfer der Bühnenmusik kommt, Pelléas vergessend, schlangenartig-knochenlos herangeschlichen und sagt schleimig: »Komisch, ich hatte es mir irgendwie ganz anders vorgestellt... Mehr ins Grüne gehend, mit etwas Gold, und dann vor allem mit sehr viel herabhängendem Klimbim, Dingsda, äh... sehr viel Klimperzeug, nicht wahr!«

Der Mime W. dagegen ist begeistert und erklärt, diese Rot- und Rosatöne harmonierten in der wunderbarsten Weise mit den Braun- und Grauschattierungen seiner zerlumpten Schmugglerkluft. Mme Loquette läßt ihren Blick anderswohin schweifen, sie antwortet nicht, sondern sehnt sich mit jeder Faser ihrer Seele nach einem Schinkensandwich, oder zwei — oder drei Schinkensandwiches, mit etwas Senf dazu...

Sorgenvolles Schweigen.

»Nun also«, seufzt der Direktor, »sehen wir uns noch an, was darunter ist... Kommen Sie, W., spielen Sie die Szene von der Stelle an, wo Sie ihr das Kleid vom Leib reißen...«

Der Sieche, der Lungenkranke verwandelt sich durch eine plötzliche Verzerrung seiner Gesichtsmuskeln in einen brutalen Waldschratt und stürzt sich mit gezücktem Dolch auf die arme, ausgehungerte Mme Loquette, die plötzlich zu einem überrumpelten, keuchenden, sich mit Klauen und Zähnen wehrenden Weibchen geworden ist... Ein kurzer, erbitterter Kampf, dann zerreißt das Kleid vom Hals bis zu den Knöcheln, und Mme Loquette steht halb entblößt, mit zurückgeworfenem Kopf da, ihre Kehle dem Messer darbietend...

»Halt! Aufhören, Kinder! Die Szene ist äußerst wirkungsvoll! Allerdings, wartet mal...«

Die Männer nähern sich der Hauptdarstellerin. Konzentrierte Stille. Ungerührter als ein zum Verkauf ausgestelltes Stutenfüllen läßt sie die Männerblicke über ihre bloßen Schultern, ihre durch das zerfetzte Gewand hindurch sichtbaren Schenkel gleiten...

Der Direktor überlegt, schnalzt mit der Zunge, grunzt:

»Das ist es, ja, ja, das ist es... irgendwie... irgendwie noch nicht nackt genug... nicht nackt genug, ja!«

Das ungerührte Stutenfüllen fährt, wie durch ein Geräusch erschreckt, zusammen.

»Nicht nackt genug! Was wollen Sie denn noch?«

»Oh, mir fehlt noch... ich weiß nicht recht. Die Szene ist gut, ja, aber noch nicht wirkungsvoll genug — nicht nackt genug, ich kann es nicht anders sagen! Verstehen Sie, hier, dieser Stofflatz da vorne... Das ist unpassend, wirkt irgendwie lächerlich, verzopft... Was ich bräuchte...«

Von einem Geistesblitz durchzuckt weicht der Direktor drei Schritte zurück, streckt den Arm aus und ruft mit der Stimme eines von der Erde abhebenden Flugzeugpiloten:

»Lassen Sie eine Brust raushängen!«

Derselbe Schauplatz. Man probt die Revue. Eine Revue wie jede andere. Zwischen ein und sieben Uhr wird eine ganze Klasse bedauernswerter, geschwätziger, aufgedonnerter, verkleideter Pensionatsschüler hier interniert — große, auffallende Hüte, abgewetzte, bläulich schimmernde Ziegenlederstiefletten, enge, mit einem Pelzkragen aufgeputzte Jacken...

Wenig Männer. Die elegantesten von ihnen stechen durch modischen Schick hervor, die weniger begüterten sehen aus wie ein Mittelding zwischen Ringer und Stallbursche. Einige halten noch an dem längst aus der Mode gekommenen Operettenkünstlerstil fest — reich behaart und ärmlich gekleidet, aber was für Halstücher!

Wenn sie, von der eisigen Straße kommend, die Eingangshalle betreten, stoßen sie alle den gleichen erleichterten Seufzer aus, mit dem sie die ungesunde, wohlige Wärme begrüßen, die aus den Heizungsrohren bläst... Auf der Bühne klimpert bereits das Probenklavier, bei den Tänzen unterstützt durch ätzend scharfe Geigenklänge. Dreizehn blutjunge Ballettelevinnen erfüllen in kalter Raserei ihre Pflicht. Im Dämmerlicht der Proben tanzen sie ganz genauso, wie sie bei der Premiere tanzen werden, nicht schlechter und nicht besser. Das kindliche Lächeln und die verführerisch-unschuldigen Blicke, die bei der Premiere dem Publikum im Parkett gelten werden, fallen jetzt in den leeren Orchestergraben... Ein militärisches Pflichtbewußtsein stählt ihre schlanken, zähen Körper, kaum aber haben sie die Schwelle des Büheneingangs überschritten, verwandeln sie sich wieder in fröhliche, magere Kinder, die sich von Sandwiches und Pfefferminzbonbons ernähren...

Unter den kleinen Statistinnen im Pausenraum, die drei Louisdor im Monat verdienen und sich im Verlauf der Revue sechs- bis achtmal umkleiden müssen, herrscht eine Art Gefängniskameradschaft. Eng gedrängt sitzen sie um einen Kaffeehaustisch und unterhalten sich so, wie andere Leute essen: fieberhaft und gierig; manche nähen...

Eine von ihnen besticht durch ihre androgyne Schlankheit. Auf ihrem kurzgeschnittenen Haar sitzt ein Herrenhut von ausgesprochen dekadenter Eleganz. Sie hat die Beine unter dem engen Rock übereinandergeschlagen, raucht und blickt dabei mit dem Ernst und der Unverschämtheit einer Mademoiselle de Maupin um sich. Einen Augenblick später ist die Zigarette fertiggeraucht, und sie strickt mit gebeugtem Rücken an einem Kindersocken...

Eine kleine Maupin vom Montmartre, die sich ein attraktives Laster aufsetzt wie einen modischen Hut. »Was willst du, ich hab kein Geld für Kleider, mehr als zwei Hüte und zwei Kostüme im Jahr kann ich mir nicht leisten; und außerdem gibt's auch Männer, denen das gefällt...«

Ein stämmiges, stumpfnasiges Dickerchen mit funkelnden Augen führt die Nadel mit flinker, geübter Hand und beklagt sich dabei bitter: »Garantiert werden sie uns wieder eine Generalprobe um halb ein Uhr nachts aufbrummen... wie praktisch!... Besonders für mich, wo ich doch so weit draußen beim Lion de Belfort wohne, weil mein Mann dort als Schlosser arbeitet... Ihr könnt euch also vorstellen: wenn die Generalprobe um drei oder um vier zu Ende ist, dann komm ich auf allen Vieren nach Hause, gerade noch rechtzeitig, um das Frühstück für meinen Mann zu machen, der um halb sechs zur Arbeit geht, und dann, nachher, müssen ja auch noch die zwei Kinder in die Schule gebracht werden...« Sie hat übrigens nichts von einer Revolutionärin an sich: jeder Beruf hat eben seine Schattenseiten, nicht wahr?

In der Proszeniumsloge hat sich eine illustre Damenrunde in Pelzen, Federn und Angorawolle versammelt, um dem Gesellschaftsleben zu frönen. Da sieht man die künftige Spießbürgerin, die für drei Couplets engagierte Diseuse, die kleine Freundin eines der Autoren und die Geliebte des Produzenten... Sie alle verdienen zwischen dreihundert und zweitausend Francs im Monat, aber man trägt Fuchspelze zu zweihundert Louisdor und schwere Perlencolliers... Man ist gesetzt, geziert und mißtrauisch. Man gibt sich nicht als Künstlerin, oh nein, Gott behüte! Man spricht nicht über Berufliches. Man sagt: »Ach, ich hatte solche Probleme mit meinem Auto... Nein, ich fahre diesen Winter nicht nach Monte Carlo, Glückspiele sind mir ein Greuel! Nach der Revue wird es mir so gut tun, einmal einfach zu Hause zu bleiben, abends nicht auszugehen! Mein Freund ist ein so begeisterter Familienmensch... wir haben eine vierjährige Tochter, ein goldiges Kind...«

Hier wie nebenan sind Kinder, ob ehelich oder nicht, zur Zeit sehr gefragt. Ich höre: »Putzis Lehrerin... Mein kleiner Jakob ist schon ein richtiger Mann, meine Liebe!« Eine dritte mischt sich ein und gesteht in aller Bescheidenheit vier Söhne. Ein allgemeiner Aufschrei, Ausrufe der Verwunderung und des Neides... Die junge Gebärerin, rotwangig wie ein Apfel, setzt das trotzige Lächeln eines verwöhnten Kindes auf und sonnt sich in ihrem Ruhm.

Gegenüber von ihr spielt die hübscheste von allen gedankenverloren mit den opalisierenden Perlen ihrer schweren Halskette, während ihre blauviolett umflorten Augen — eine brandneue und bestimmt sündteure Modefarbe! — ausdruckslos ins Leere starren. Endlich sagt sie geistesabwesend: »Das erinnert mich daran, daß ich seit zwei Jahren kein Kind mehr bekommen habe... Ich muß bald wieder eines kriegen, in... in vierzehn Monaten.« Und als die anderen zu lachen beginnen, erklärt sie ihnen seelenruhig: »Ja, in vierzehn Monaten. Das wird mir sehr guttun, es gibt gar keine bessere Blutreinigungskur als eine Entbindung. Das Blut wird dadurch völlig erneuert, und man hat danach einen Teint!... Ich hab Freundinnen, die machen eine Entschlackungskur nach der anderen, schlucken Medikamente und schmieren sich alles mögliche ins Gesicht... Ich laß mir stattdessen einfach ein Kind machen, das ist weitaus gesünder!« (Sic! Wortwörtlich!)

Beim Verlassen der Halle stoße ich mit dem Fuß gegen etwas, das auf dem schmutzigen Teppich liegt. Um ein Haar wäre ich auf eine Hand getreten, eine kleine, mit der Innenfläche nach oben daliegende Kinderhand... Hier, auf dem Fußboden, ruht sich der ganze Haufen der Ballettelevinnen aus. Einige sitzen gegen die Wand gelehnt, andere liegen ausgestreckt quer über den Knien ihrer Nachbarinnen oder haben sich wie Jagdhunde zusammengerollt und schlafen. Ich sehe ein dünnes, bis zum Ellbogen entblößtes Ärmchen, einen rötlich schimmernden Lockenkopf über einem zarten, anämischen Ohr... Erbarmenswerter, vertrauensseliger Schlummer, herzzerreißende, graziöse Selbstvergessenheit überanstrengter junger Tiere... Sie erinnern an einen Wurf verwaister Kätzchen, die sich dicht zusammendrängen, um einander zu wärmen...

»Wie geht's deinem Arm heute?«

»Nicht schlecht, nicht schlecht.«

»Ach, das erzählst du mir jedesmal! Und deinem Knie? Ja, ja: nicht schlecht, nicht schlecht... Es weht wieder einmal ein unerträglicher Wind draußen. Vorhin, auf dem Pont-des Arts, muß ich einfach furchtbar ausgesehen haben! Mit dem Hut, den ich irgendwie festhielt, und meinem Faltenrock — nie wieder zieh ich einen Faltenrock an! — fast bis zum Kragen hat es ihn mir hinaufgeblasen, und dazu noch meine Handtasche, die keine Henkel hat und die ich irgendwie unter den Arm klemmen mußte — nein, wirklich, die Frauen sind verrückt, sich so zu kleiden, daß... Und meine Frisur erst, sieh dir das an!«

Beinahe kunstvoll übertrieb sie ihr zerzaustes Aussehen, zog die Schulter bis zum Ohr hinauf, verzerrte den Mund, runzelte die Stirn, um den Hut im Gleichgewicht zu halten, klemmte den kurzen Rock zwischen die Schenkel. Sie hatte sich nie gescheut, Gesichter zu schneiden, und selbst die erschreckendsten und groteskesten Grimassen konnte man ihr nicht übel nehmen. Mit ihren dreißig Jahren imitierte sie unbekümmert Maurice Chevalier, fabrizierte sich aus Watte einen Schnurrbart wie ein alter General, stopfte sich ein Kissen unter den Rock und rief: »Jetzt spiele ich euch die schwangere Hausbesorgerin vor!«

,Wenn sie sich absichtlich so entstellt — macht sie das wohl aus Bescheidenheit oder aus Ehrgeiz?' fragte sich Brice, während er seiner Frau zusah, die mit einwärts gedrehten Füßen dahinlatschte, mit der Hüfte gegen die Tischkante stieß, sich auf die Schenkel schlug. ,Es liegt auch eine gewisse Verlogenheit darin.'

»Mein Medikament hast du mir nicht mitgebracht?«

Über die Schulter weg zwinkerte sie ihrem Mann zu, so als wollte sie sagen: ,Kindskopf!'

»Doch, ich hab es dir mitgebracht. Hättest du nicht gedacht, was?«

»Oh, ein Telefonanruf hätte genügt, um es mir zu beschaffen. Ich fürchte mich ein bißchen vor der Nacht...«

Er legte seine große Expertenlupe auf den Schreibtisch, dieses ehrwürdige Instrument, das inzwischen durch neuere Forschungsinstrumente entthront worden war. Sie war alt, hatte eine Kupferfassung und bestand aus drei Vergrößerungsgläsern, die man entweder übereinanderschieben oder kleeblattförmig auffalten konnte.

»Hast du gerade etwas untersucht?«

»Ach nein«, seufzte er. »Wen kümmert es heutzutage schon, ob ein Bild echt oder gefälscht ist? Übrigens sind die Tiepolo-Zeichnungen, die Myrtil Schwabe gekauft hat, natürlich Fälschungen. Was Wunder, ich hatte ihn ja gewarnt.«

Glauben Sie denn, Sie könnten einen Experten wie mich hinters Licht führen...
trällerte Marcelle.

‚Unverschämte Person‘..., dachte Brice entrüstet. Mit der linken Hand betastete er seinen rechten Oberarm und lächelte dabei wie alle Patienten, die sich darin gefallen, eine gewisse stoische Koketterie zur Schau zu tragen. Marcelles schlanke Gestalt neigte sich über ihn.

»Tut's sehr weh? Versuch, noch dreißig oder vierzig Minuten durchzuhalten. Sparen wir die Munition lieber für die Nacht... Schaffst du das?«

»Ob ich das schaffe? Aber natürlich, mein Schatz, mühelos...«

Er schloß die Augen, um zu verhindern, daß sie darin eine verblüffende Wahrheit las, die er selbst noch nicht recht glauben wollte: zum zweitenmal an diesem Tag hatten sich die Nervenschmerzen aus seiner rechten Schulter und dem ganzen Oberarm zurückgezogen. Fast hätte er sich verraten und erleichtert aufgeseufzt, so wohl war ihm plötzlich; seine Muskeln fühlten sich so leicht, so frei, er konnte es kaum erwarten, sie zu bewegen. ‚Keine Schmerzen zu haben‘, dachte Brice, ‚welches Lustgefühl könnte größer sein als dieser innere Friede, dieses Vollkommenheitsempfinden des ganzen Wesens? Habe ich überhaupt einen linken Arm? Wo sind mein linker Arm und meine schmerzende, heiße Schulter? Wo die elektrisierenden Dolchstöße, die manchmal abgelöst wurden durch ein schweres Gewicht, das die eine Hälfte des Armes lahmlegte, während die andere Hälfte zuckend an ihren Fesseln zerrte?‘

Vorsichtig streckte er das Bein aus. ‚Nichts mehr zu spüren in dem Bein. Mein Knie ist ein Schätz-

chen, ein Knabenknie, ein Schnelläuferknie...'
Währenddessen sprach seine Frau aus dem Nebenzimmer mit ihm.

»Was sagst du, Marcelle?« rief er. »Von welchem Platz sprichst du?«

»Von dem Platz vor der Kirche Saint-Julien-le Pauvre«, antwortete sie aus dem Nebenzimmer. »Sie haben jetzt einen wirklich zauberhaften Winkel daraus gemacht. Auch den Jardin des Gobelins muß ich mir anschauen gehen, dort hat man angeblich die alten Obstbäume erhalten können... Kannst du dir das vorstellen! Im Wind rauschende Aprikosenbäume... mitten in Paris...«

Er hörte sie lachen.

»Im Wind rauschen, ja, das tun sie heute allerdings!«

Sie tauchte im Türrahmen seines Zimmers auf. Brice hatte keine Zeit mehr, den Arm zurückzuziehen, den er bewegte, abbog, voll heimlicher Freude reckte und streckte. Marcelle musterte ihren Mann mit forschendem Blick:

»Du leidest wie ein Hund und glaubst, ich merke es nicht!«

»Dir kann man nichts verheimlichen«, sagte Brice und setzte eine Armesündermiene und ein ergebenes Märtyrerlächeln auf.

Sie hörte auf, sich ihre durch den Sturm zerzausten Locken um den Finger zu wickeln, kniete neben seinem Sessel nieder, schlang behutsam ihren langen Arm um seinen Hals und legte sanft ihre Wange an die seine.

»Ein ganz armer, armer Hund.«

»Marcelle«, knirschte Brice, »dein Haar ist zu lang, wie oft muß ich dir das noch sagen!«

»Ja, mein Liebling.«

»Du solltest dir endlich eine andere Frisur machen lassen, statt dieser idiotischen Stoppellocken und dieser häßlichen glatten Fläche am Hinterkopf!«

»Ja, mein Liebling.«

»Du sagst ‚ja, mein Liebling' und pfeifst darauf, was ich sage!«

»Ja, mein Liebling.«

Er befreite mit einem verzweifelten Ruck seinen Kopf, und Marcelle erhob sich.

»Gib schön acht, du Dummerchen«, sagte sie zärtlich. »Keine akrobatischen Übungen! Soll ich dir nicht, bevor du dein Medikament nimmst, rasch noch einen schönen heißen Umschlag machen?«

»Heiß und nutzlos.«

»Um so besser, also: nicht nur unangenehm, sondern auch nutzlos. Ein Wort noch, und ich spiele dir Michel Simon vor!«

Sie stand hoch aufgerichtet vor ihm, zu groß, mit langen Armen, wohlproportioniert und von Kopf bis Fuß einfach und schön gebaut. Die körperliche Reife war fast unmerklich über sie gekommen, hatte sie nicht mit Übergewicht belastet, sondern nur ihr Gesicht ein wenig gerötet, das klare Blau ihrer Augen noch vertieft. Ihre Nase, ihren Mund und die Form ihres Kinns beurteilte Marcelle selbst schonungslos: ‚Keine kunstvolle Feinarbeit, aber brauchbar und widerstandsfähig.'

Im Augenblick fühlte sie sich überflüssig und versuchte ihr Mitleid zu verbergen. Sie zog die Schößchen ihrer dunkelgrünen Jacke über den kurzen, grau und braun karierten Schottenrock. ‚Genau diese Kleidung trägt sie auch auf dem Photo', dachte Brice. ‚Die quadratischen Knöpfe, die gemusterten Borten an Taschen und Kragen, alles ist deutlich zu sehen... Wahrhaftig, eine hohe Kunst, die Kunst der Photographie!' Ihn packte der Zorn, er fürchtete, die Beherrschung zu verlieren und wünschte, allein zu sein.

»Ich möchte versuchen, vor dem Abend noch ein wenig zu schlafen, weißt du...«

Marcelle war so verblüfft, daß sie nicht sofort antwortete.

»Ich würde mich freuen, wenn du schlafen könntest, natürlich, aber... deine Nachtruhe...«

»Meine Nachtruhe, meine Nachtruhe... Eine schlaflose Nacht mehr oder weniger, mein Gott, schließlich habe ich seit acht Tagen...«

»Seit sieben Tagen, Georges...«

»Also gut, sollen es meinetwegen sieben sein! Man merkt, daß *dir* diese Zeit nicht sehr lang erschienen ist!«

Da er in Erregung geriet, beeilte sie sich, nachzugeben.

»Ich geh ja schon, ich geh ja schon. Willst du nicht etwas zu trinken? Sitzt du gut so? Soll ich dir nicht das große Kissen wegnehmen?«

Er antwortete nur mit einem Kopfschütteln und mußte, ehe sie das Zimmer verließ, noch die zärtliche Berührung einer kühlen Hand auf seinem Handrücken ertragen.

Kaum war er allein, bewegte er den Arm und das Bein, die ebenso verjüngt und ungeduldig waren wie er selbst. Er hielt seinen Schlüsselbund fest in der Hand, aus Angst, er könnte klirren. Dann nahm er aus der Schreibtischlade das herausgerissene Zeitungsblatt, das er schon zwanzigmal untersucht hatte, und legte es unter die dreifache Lupe. Verschwommene Gesichter bekamen klare Umrisse, schienen zu ihm emporzusteigen. *»Jene Person, die sich in dem Kreis wiedererkennt, kann sich in unserem Büro melden. Wir zahlen ihr eine Summe von...«* Im Zentrum des weißen Kreises blickte eine dicke ältere Dame in die Kamera, während sie mühselig die Treppe zu einer Métro-Station hinabstieg. Hinter ihr nahmen zwei Liebende mit einem leidenschaftlichen Kuß voneinander Abschied; die Frau lehnte hingebungsvoll an dem gußeisernen Treppengeländer, die Gestalt des Mannes war fast gänzlich verdeckt durch einen karierten Faltenrock, eine dunkle Jacke und einen kegelförmigen Filzhut. Unterhalb der breiten Hutkrempe erkannte Brice die etwas fleischige, gerade Nase, die zu langen Stoppellocken und fromm gesenkte Augenlider. ‚Noch nie zuvor ist mir die Form ihres Kiefers so deutlich aufgefallen. Seit wann hat sie ein solches Kinn? Ein brutaler, ordinärer Mund, eigentlich... Es ist mit ihr so wie mit allen Frauen: kaum befinden sie sich außer Blickweite ihres Lebensgefährten, geht eine seltsame Veränderung mit ihnen vor...‘

Er fühlte sich stark, schlau und von Haß erfüllt. Er löste den Gürtel seines blauen Schlafrocks, um diese Krankenuniform endlich von sich zu schleudern. Dann hielt er inne: ‚Zu früh. Sie wird es mir nicht abnehmen, daß meine Nervenentzündung so plötzlich vorübergegangen ist. Ich werde mich morgen um diese dreckige Angelegenheit kümmern.‘

Er stützte sich zunächst vor allem auf die von der Zeitung selbst angegebenen Informationen: ‚Aufgenommen im 10. Pariser Arrondissement...‘ und den Namen der Métro-Station: Château-Landon. Er bewunderte sich selbst dafür, daß er seiner Frau keinerlei Fragen stellte, doch er ließ sie beschatten. Es fiel ihm nicht schwer, in ihrer Gegenwart mit schmerzverzerrtem Gesicht seinen rechten Oberarm zu umklammern, und wenn er durch die Wohnung humpelte, tat er das mit der ungenierten Selbstverständlichkeit eines Behinderten, der sich mit seiner Behinderung abgefunden hat.

Er spürte in sich die unerklärliche Kraft und Energie des Verdachtbesessenen, dessen psychische Immunität, litt aber auch unter den Qualen der Eifersucht, die ihn manchmal, vor allem abends, am ganzen Leib zum Zittern brachten, und dann erniedrigte er sich so weit, feige um Hilfe zu bitten:

»Ach, bring mir doch eine heiße Wärmflasche, Marcelle... Könntest du mir bitte die Lamawolldecke herübergeben?...«

Er fand nichts heraus, weder im Umkreis der Métro-Station, noch in der Post seiner Frau, und als ihm nach acht Tagen ihre Beschattung zu kostspielig wurde, unternahm er den ersten zaghaften Versuch einer direkten Befragung:

»Was würdest du dir wünschen, Marcelle?«

Sie wandte ihm ihre etwas hervortretenden blauen Augen zu und antwortete, ohne zu zögern:

»Viel Geld, um mir ein Haus auf dem Land kaufen zu können, eine komplette Anglerausrüstung und Sportschuhe vom besten Maßschuster. Außerdem noch eine andere Wohnung — eine, die nicht so nahe an der Seine liegt.«

‚Sie ist schrecklich dumm', dachte Brice. ‚Dumm oder sehr geschickt.'

»Und wie wär's mit einem anderen Mann, Marcelle? Was hieltest du von einem neuen Ehemann? Einem gutaussehenden, vor Gesundheit strotzenden neuen Ehemann?«

»Das, mein Lieber, ist typischer Junggesellenhumor. Läppische Späßchen, die sich in Beamtenkreisen größter Beliebtheit erfreuen. Mein Onkel August zum Beispiel, weißt du, was der und seine Bürokollegen im *Institut für Ozonsterilisation* machten? Wenn sie einander nicht gerade die Erlebnisse ihrer Hochzeitsnacht erzählten, falteten sie mit Tintentropfen bekleckste Zettelchen zusammen und verglichen die dadurch entstehenden Bilder, oder sie spielten das Was-würdest-du-tun-wenn-du-eine-Million-gewonnen-hättest-Spiel.«

»Sitten, die der Vergangenheit angehören«, sagte Brice verärgert.

»Dem Himmel sei Dank! Seitdem man ein paar Frauen in die Bürokratie eingeschleust hat, hat sich das Benehmen der Männer immerhin etwas gebessert!«

Allmählich begann Brice die Geduld zu verlieren. Eines schönen Tages gestand er sich sogar ein, daß er mit diesen Nachforschungen in erster Linie sich selbst erniedrigte.

Überrascht durch eine unvorhergesehene Umarmung von Marcelle — »freut es dich immer noch, wenn ich dir meine langen Affenarme um den Hals schlinge?« —, konnte er seine plötzliche Rührung nicht mehr verbergen, und seine Augen wurden feucht.

»Es sind nur die Nerven, weißt du... das Ende der Krise... die einsetzende Entspannung...«

Sie fiel ihm um den Hals, feierte lautstark seine Genesung von dem vorgeblichen Leiden. Doch kaum war er wieder allein, packte ihn neuerlich der Zorn; wütend lief er auf die Straße hinaus und kehrte eilends wieder um, denn er konnte es nun nicht mehr länger erwarten, seiner Frau endlich den Zeitungsausschnitt unter die Nase zu halten, den er ständig bei sich trug. Eigentlich hatte er vorgehabt, diese Geste noch durch einen bedeutungsschweren Satz zu unterstreichen, doch dann brachte er nicht mehr heraus als:

»Na, ersiehst du daraus nicht eine gewisse Ähnlichkeit?«

Marcelle setzte sich und strich mit der flachen Hand das verknitterte Papier glatt.

»Oh ja, doch« sagte sie langsam. »Doch, doch...»

Brice fühlte sich mit einemmal sehr erschöpft und ließ sich in einen Sessel fallen.

»Ich ersehe daraus«, fuhr Marcelle fort, »daß ein karierter Stoff, wenn man ihn schräg zuschneidet, sehr viel besser aussieht, als wenn man ihn fadengerade verarbeitet. Ich ersehe daraus, daß meine Schneiderin völlig recht hatte mit ihrer Bemerkung, daß die häßlichsten und unvorteilhaftesten Modelle die sind, bei denen man sich nach den Wünschen der Kundin richten mußte... Das wird mir eine Lehre sein... Vergleich einmal das hier mit meinem Schottenkostüm und du wirst eine Lobeshymne auf die gute Frau anstimmen...«

Sie machte eine Pause und fuhr dann lachend fort:

»Du, sag mal, Georges — ganz nebenbei bemerkt, die zwei auf dem Photo gehen nicht gerade zaghaft ran, hast du das gesehen? Und *coram publico* noch dazu!«

Stumm hielt Brice mit der linken Hand seinen rechten Oberarm umklammert.

»Was ist denn los, Georges? Hast du schon wieder Schmerzen?«

Er preßte die Lippen aufeinander, der heiße, unberechenbare, stechende Schmerz durchzuckte seinen Arm von der Schulter bis zum Ellbogen... Die Nervenentzündung ließ ihn bis zum Morgen kein Auge zumachen. Bei Tagesanbruch war er so ermattet, daß er kapitulierte, zu Stoßgebeten Zuflucht nahm und winselnd bettelte: ‚Mein Verdacht, ich will meinen Verdacht wiederhaben... Gebt mir doch die Seelenqualen der vergangenen Wochen zurück, die Angst und Sorge, die mein Leiden kurierten — eine Waffenpause, kurzum, eine Waffenpause...‘

»Donnerstag... am Donnerstag von sechs bis neun sind wir bei den Schlumbergers... Freitag machen wir ein Picknick in Thoronet. Da werde ich einfach im Ofen überbackene Baguettes mitbringen, gefüllt mit eingelegten Anchovis, grünen Paprika, bißchen Thunfisch und gehacktem Dillkraut...»

Genüßlich spitzte Madame Vasco die Lippen und lehnte sich mit halbgeschlossenen Augen zurück.

»Sonntag abend geben wir den Hausangestellten natürlich frei. Martine und Marinette wollen mit dem Hausdiener ins Kino gehen. Teobaldo bleibt da und kümmert sich um die Hunde... Ach, und dann heute abend... Sollten wir die Einladung zum Künstlerball nicht annehmen? Du weißt ja, für die Kostüme sollen nur einfache, alltägliche Dinge wie alte Zeitungen, Küchenschürzen, Packpapier oder Toilettenpapier verwendet werden... Schon vorgestern hast du uns sitzen lassen, du Schurke! Und letzten Mittwoch waren es die Simonis, die mich begleitet haben. Du brauchst keine Angst zu haben, heute abend wirst du dich bestimmt nicht langweilen... Henri Simoni kostümiert sich als unbestellbares Postpaket, ein fabelhaftes Kostüm, ganz aus Spagat und Wellpappe!«

Paul Vasco antwortete nicht gleich. Mit geschlossenen Augen lag er auf dem breiten Ehebett, seine weit ausgestreckten Arme hoben sich bronzefarben von den mitrötlichen Spitzen besetzten Bettlaken aus rosa Batist ab. Wie ein harter Kamm fuhr ihm eine Hand, deren Festigkeit ihm wohlvertraut war, über das feuchte, zerstrubbelte blonde Haar, und er entschloß sich endlich, die Augen zu öffnen.

»Oh, da sind sie ja, meine zwei Blausterne«, sagte die Stimme seiner Frau in sanfterem Tonfall.

Sie saß neben ihm auf der Bettkante, vor sich das mit rosa Porzellangeschirr beladene Frühstückstischchen aus Zitronenholz. Wie Schmutzflecken lagen die Pariser Tageszeitungen über das Bett verstreut. Mit einem blaßblauen Blütenzweig, den Paul von einem Spaziergang zum Meer mitgebracht hatte, spielte die weiße Katze, die taub war. Eben erreichte die Sonne das Zimmer und warf einen hellen Lichtstreif über den schwarzen Teppich. Die Ranken der Bougainvillea ragten ein wenig über das Balkongeländer hinaus. Den Fensterrahmen füllte ein blasser Himmel, der Himmel eines Sommermorgens an der Mittelmeerküste. Wie jeden Morgen überwand sich Paul Vasco, seine Frau anzusehen, und wie jeden Morgen staunte er.

Diese großgewachsene, auf ihr Gewicht bedachte, muskulöse und gesunde Frau scheute sich nicht, ihr zurückgekämmtes, goldbraun gefärbtes Haar mit einem bunten Bändchen zu schmücken, dessen Farbe auf die des leichten Morgenkleides abgestimmt war, das sie gerade trug, und im Sommer lag sie wie eine junge Frau in der Sonne, um sich bräunen zu lassen. Doch in gewisse Fältchen, die sich trotz der chirurgischen Eingriffe um die Augenwinkel und am Hals gebildet hatten, drang die Sonnenbräune nicht ein. Madeleine Vasco lächelte von oben auf ihren jugendlichen Gemahl herab und entblößte dabei ein von Meisterhand korrigiertes Gebiß. Zwischen Ohr und Haaransatz, zwischen Schläfe und Augenwinkel, konnte Paul die feinen Operationsnarben erkennen, die leicht bläulich durch die ockerfarbene Puderschicht hindurchschimmerten. ‚Sie ist wirklich erstaunlich', dachte er. ‚Nicht einmal ich würde ihr zweiundsechzig Jahre geben. Und übrigens, auch wenn ich sie ihr gäbe, würde sie sie bestimmt nicht annehmen wollen.'

Übermannt von der unwiderstehlichen Trägheit, die ihn nach dem Morgenbad und dem Lauf durch den Sand immer befiel, schloß er wieder die Augen.

»Du hast mir noch immer nicht geantwortet wegen heute abend! Du Faulpelz, oh, du schöner Faulpelz, du...«

Er dachte gar nicht daran zu antworten, sondern versuchte bloß Zeit zu gewinnen, indem er sich so lange nicht rührte, bis seine Frau ihn für eineinhalb Stunden verließ, um sich der Pflege ihrer kunstvoll erhaltenen Schönheit zu widmen.

»Wie du willst«, seufzte er schließlich.

Mit einem Fingerschnippen verlangte er eine Zigarette, die Madeleine ihm, schon angezündet, zwischen die Lippen steckte.

»Man könnte fast meinen, daß ich meinen Mund hier ausschließlich zum Rauchen verwende«, scherzte er.

»Wer verlangt denn etwas anderes von dir?« entgegnete Madeleine.

Mit einem tiefen, gewagten Blick schmeichelte sie diesem Mund, dessen Lächeln und dessen kraftvolle Frische sie dazu bewogen hatten, zehn Monate nach dem Tod ihres ersten Mannes gegen alle Vernuft ein zweites Mal zu heiraten und damit einen schönen, mittellosen und zufällig auch ehrlichen jungen Burschen aus den Niederungen eines kleinen Beamtendaseins herauszureißen. Paul Vasco zuliebe legte sie damals Trauerflor und Witwenschleier ab, ließ sich das graue Haar färben und verwandelte sich aus einer bejahrten Witwe in eine große, vitale Liebende, die das Glück so energisch beim Schopf packte, daß der um dreißig Jahre jüngere Mann sich davon verblenden ließ. Seit zwei Jahren zogen sie nun von Januar bis Mai »an die Riviera«, wie Paul in seiner Naivität das nannte; er betrachtete den Luxus eines privaten Besitzes am Mittelmeer, die schattigen, mit rosa Sand bestreuten Wege, die Glyzinien und das Haus mit den Marmorterrassen noch immer nicht als langweilige Selbstverständlichkeit.

Die Leute lächelten nur heimlich über die beiden, denn Madame Vasco, die immer mit großen Hüten und dezent geschminkt auftrat, wies mit keckem Selbstbewußtsein den Arm ihres Gatten zurück, wenn sie die Treppe zum Casino hinaufstieg. Er folgte ihr, bediente sie, fand sie jugendlich. Allerdings gelang es ihm nie, sein Unbehagen zu unterdrücken, wenn sie mit ihm tanzte. »Ich habe ein starkes Herz, weißt du...«, pflegte sie zu sagen. »Beim langsamen Walzer werde ich dich wie nichts überrunden!« Tatsächlich tanzte sie mit großen, ein wenig männlichen Gleitschritten, und es passierte ihr nie, daß sie atemlos stehenblieb, die Hand auf ihre flache, juwelenbehängte Brust gepreßt. Nein, es war Paul Vasco, den beim Tanzen eine unerklärliche Angst beschlich, der blaß wurde und leise murmelte: »Genug...« Er konnte die körperliche Beschaffenheit seiner Frau nicht ertragen, ihre knochige, mechanische Beweglichkeit. In kindlicher Angst fürchtete er, plötzlich könnten Scharniere laut quietschen oder eine Feder hörbar zu knarren beginnen. Niemals erschien sie ihm lebloser als in jenen Augenblicken, in denen sie ihre Vitalität unter Beweis stellte, und krampfhaft drückte er seine Schläfe gegen die seiner Frau, weil er nicht sehen wollte, wie sie beim Walzertanzen mit abwesendem Blick ins Leere starrte und den geschminkten Mund leicht geöffnet hielt, um Atem zu holen.

Das Leben erschien ihm wieder leicht und angenehm, sobald sie auf ihren Landsitz zurückgekehrt waren. Dort fühlte er sich zu Hause und fand bald Geschmack daran, Pläne für die Gartengestaltung zu entwerfen und mit dem Chefgärtner die Farbkomposition der Blumenrabatten zu diskutieren.

»Unternehmen wir etwas?« fragte Madeleine ihn nach der Siesta.

»Ja!» rief Paul begeistert aus. »Fahren wir nach Fréjus! Ich brauche siebenhundert Geranienpflänzchen!«

»Darum brauchst du dich nicht zu kümmern. Teobaldo wird sie mit dem Lieferwagen abholen.«

Er schmollte, und Madeleine betrachtete diesen trotzigen Schmollmund...

»Oh, du Kindskopf! Willst du unbedingt selbst hin? Also, dann laß den Wagen vorfahren...«

Sie gab immer nach, sobald sie fürchtete, er könnte sich langweilen. Wenn er, ein wenig zerstreut und seiner körperlichen Schönheit gar nicht bewußt, halbnackt in der Sonne lag oder mit einem Sportlehrer aus Cannes mit dem Medizinball trainierte, langweilte er sich nie.

Einmal, als Madeleine Vasco in einem schwarzen, mit langhaarigem Affenpelz besetzten Samtkleid hinauslief und ihm zappelnd vor Ungeduld zurief: »Wir werden zu spät kommen! Die Ballettaufführung in Monte Carlo beginnt um neun Uhr!«, da sah sie Paul zu ihrem Entsetzen mit Staub und Spinnweben bedeckt aus dem Keller heraufsteigen, unter jedem Arm eine Flasche ehrwürdigen alten Weins.

»Wo kommst du denn her?«

»Das siehst du doch«, sagte er. »Es ist höchste Zeit, die Eintragungen im Kellerbuch auf den neuesten Stand zu bringen und die Flaschen in die entsprechenden Fächer einzuordnen. Das ist ja ein Saustall da unten!...«

Madeleine zog ihre Stirnfalten und die gezupften Brauen fast bis zum Haaransatz hoch.

»Das kann uns doch völlig gleich sein, mein Schatz, nein?«

»Aber«, sagte Paul Vasco, »es wäre Männersache, diesen Keller endlich einmal in Ordnung zu bringen.»

»Macht dir das Spaß?«

Er antwortete mit fachmännischem Lächeln:

»Sehr sogar!«

»Und deshalb sollen wir *Die Sylphiden* versäumen?«

Plötzlich schien er zu erwachen, sah das Kleid, die Frau, eine funkelnde neue Brosche an ihrem Dekolleté und darüber diese Haut, die ihr Geheimnis, ihre süße, zarte Elastizität verloren hatte. Er protestierte nicht, sondern stürzte eilends ins Badezimmer.

»In fünf Minuten bin ich soweit!«

Sie blieb allein zurück, ging wartend auf der untersten Terrasse auf und ab, dem Wind ausgesetzt, der das blaugrüne Meerwasser aufwühlte und das Ende des Tages ankündigte. Sie gähnte und gestand sich ein, daß ihr Appetit auf Champagner und zarten Fisch nicht geringer war als ihr Hunger nach Musik, nach Licht, nach fremden Gesichtern...

Nachdem seine Frau die Badezimmertür hinter sich geschlossen hatte, setzte sich Paul Vasco auf das zerwühlte Bett und stieß einen leisen Seufzer aus. Er war kein Zyniker, und so wurden ihm die Tröstungen eines resignativen Charakters zuteil. Die frivole Unternehmungslust seiner Frau entsetzte ihn nicht über Gebühr, denn hinter ihren Versuchen, den Lebenswandel einer mondänen jungen Frau zu führen, steckte nicht der tobende Wahnsinn alter Bacchantinnen, sondern vielmehr der unermüdliche Eifer einer enttäuschten, biederen Bürgersfrau, die sich nur zu gut an ihre erste Ehe mit einem senilen, häuslichen Mann erinnerte. Mit stiller Hartnäckigkeit bemühte er sich, erst jedes fünfte, dann jedes dritte Mal den verschiedenen geselligen Veranstaltungen zu entkommen — den Diners und Soupers, den Automobil-Corsos und Preisverleihungen: ‚Ehrenmedaille für die weiß-rote Limousine von Madame Paul Vasco...‘

Er stieg aus dem rosa bezogenen Bett und schwor sich, an dem Künstlerball abends nicht teilzunehmen. ‚Diese Possenreißer aller Altersstufen sollen und werden sich ohne mich mit alten Zeitungen, Papiertüten, Spagatperücken, Gardinen und Strohsäcken aufputzen!...‘ Allerdings stand ihm noch ein unangenehmer Moment bevor, wenn er Madeleine nämlich sagen mußte: ‚Ich komme nicht mit.‘ Sie würde ihm einen dieser lauernden, durch Star-Wimpern gefilterten Blicke zuwerfen, aus dem die stumme Verachtung der unbezähmbaren sechzigjährigen Lebedame für einen jungen Mann sprach, der es vorzog, zu Hause zu bleiben... Wie reichlich aber würde er dafür entschädigt werden durch einen genußvollen Abend, den er mit dem Ordnen von Rechnungen und der Lektüre eines Fachartikels über Baumverjüngung durch Injektionen in den Wurzelstock verbringen konnte!...

Er teilte sich den Tag so sorgfältig ein wie ein Gymnasiast, der die Nacht anderswo zu verbringen gedenkt, oder ein Soldat, der aus der Kaserne zu entkommen hofft. Während sie mit ihm bei Tisch saß und ein leichtes Abendessen zu sich nahm, fragte er sie, für welches Kostüm sie sich entschieden hätte. Aufgeregt vertraute sie ihm an, daß sie für sich selbst einen gehäkelten Bettüberwurf gewählt habe, den Luc-Albert Moreau ihr geliehen hatte, und für Paul einen großen Lampenschirm oder aber eine Mistbeetabdeckmatte aus Strohgeflecht.

»Aber man kommt in Abendkleidung hin und verkleidet sich erst an Ort und Stelle«, fügte sie hinzu.

Er erhob keinen Einspruch dagegen. Sobald seine Frau das Haus verlassen hatte, schlüpfte er in Pantoffel und einen mollig weichen Schlafrock, setzte sich vor den Kamin, dessen Hitze seine Wangen zum Glühen brachte, und las, in Erwartung des ehelichen Zusammenstoßes, die Regionalzeitung von Nizza und Umgebung, über der er einschlief.

Gegen Mitternacht glitt mit einem schlangenähnlichen Geräusch eine paillettenbestickte Schleppe über die Treppe. Der harte Aufprall der Absätze auf jeder Stufe verriet jedoch, daß Madeleine schon mit einer beginnenden Gelenksversteifung zu kämpfen hatte. Sie erreichte den obersten Treppenabsatz, gefolgt von ihrer gehorsamen, stahlgrau glitzernden Schleppe. Aus einem scharlachroten, über die Schulter geworfenen Samtcape ragte nur ihr festlich aufgeputzter, golden schimmernder, arroganter Kopf hervor. Sie wollte eben vor den Spiegel treten, da erblickte sie ihren schlafenden jungen Gemahl und blieb stehen. Er schlief mit auf die Schulter herabgesunkenem Kopf, der Schein des Feuers umschmeichelte sein rundliches Kinn, und zwei deutlich erkennbare Sorgenfalten umrahmten seinen kindlichen Schmollmund. Eine leere Tasse zeugte davon, daß er Eisenkrauttee getrunken hatte, und auf der herabgeglittenen Zeitung zu seinen Füßen schlief die taube Katze. Madeleine Vasco stand vorgebeugt und drückte, damit sie nicht klimperten, ihre Armbänder gegen die Brust. Wann hatte sie das bloß zuletzt gesehen, diesen Schlafrock und diese

Pantoffel, diese reglose Katze, diese Kräuterteetasse und vor allem diesen überraschend eingetretenen Schlummer, der die Schwäche eines Mannes bloßstellt?... Das Bild des seligen Monsieur Perrin, ihres ersten Mannes, schob sich zwischen sie und Paul Vasco, und sie fuhr entsetzt zurück. In dem Spiegel an der gegenüberliegenden Wand stand eine große, in Grau und Scharlachrot gekleidete Frau — schlank, weil sie schlank sein mußte, kerzengerade, weil sie es so wollte —, die jeden ihrer Blicke erwiderte und ihr mit dick geschminkten Lippen zulächelte. Madame Vasco warf einen leztzten Blick auf den Schläfer, zischte leise und mitleidlos: »Der nächste alte Mann«, hob mit spitzen Fingern ihre Schleppe und rauschte, ohne sich noch einmal umzuwenden, hinaus.

April

»Zähl noch einmal nach«, befahl Vinca. »Das macht insgesamt neun. Du hast dich verzählt.«

Phil seufzte und zog gelangweilt die glänzenden Augenbrauen hoch.

»Die beiden Viénots, Maria und ihr Bruder, die Verrückte und ihr kleiner Hund...»

Vinca nagte mit sorgenvollem Gesicht an ihrem Bleistift und ließ dann den abwesenden Blick ihrer blauen Augen über das undurchdringliche Blau eines Frühlingsgewitterhimmels schweifen, aus dem ein sanfter, vergänglicher Schnee von Pflaumenblüten und Haselwürstchen fiel, die der Wind einem unsichtbaren Vorstadtgarten entrissen hatte.

»Läuft er mit, ihr Hund?«

»Nein, er läuft nicht mit. Sie setzt ihn in einen Erdbeerkorb, den sie an der Lenkstange befestigt, bettet ihn auf eine Baskenmütze und läßt ihn in den Ärmel eines alten Pullovers kriechen. Er mag das sehr gerne.«

»Na ja, von mir aus... Uns beide mitgerechnet also sechs, haben wir gesagt; dazu die drei ‚belgischen Riesenkaninchen' macht alles in allem neun.«

»Schlimmer als eine Hochzeit«, sagte Phil verächtlich.

»Die harten Eier, die Leberpastete, das Roastbeef und der Schinken...«

»Gibt dreizehn«, sagte Philippe. »Eine Unglückszahl.«

Vinca fand zur Unbeschwertheit ihrer fünfzehn Jahre zurück und lachte schallend; Phil ließ sich zu einem Lächeln herab. Er dunkel, sie blond und rotwangig, zeigten die beiden trotzdem eine gewisse Ähnlichkeit, weil sie schon so lange — seit ihrer Geburt — nebeneinander lebten und einander auf die aggressive Weise sehr junger Leute liebten.

»Viénot Henri hat gesagt, er bringt Calvados und... Kümmelschnaps mit.«

Phil hob ruckartig den Kopf von der Lehne des Rohrsessels.

»So? Viénot Henri soll tun, was er will. Aber wir, bitte, werden den Alkohol nicht anrühren! Viénot Henri führt sich auf wie ein letztrangiger Stromer.«

Vinca errötete und antwortete nicht. Sie akzeptierte Philippes Autorität und lehnte sich nur auf, wenn er sie neckte. Sie wandte ihm ihr großzügiges, blühendes Kleinmädchengesicht mit den heftig geröteten Wangen zu. Sie hatte feuchte, eindeutig blaue Augen, glattes blondes Haar, und zwischen den leicht aufgesprungenen Lippen schimmerten starke, makellose Zähne mit abgerundeten Ecken hervor.

»Hör mal, Phil, ich hab doch einen Gepäckträger. Was dir lästig wäre, kann ja ich mitnehmen.«

»Mir ist überhaupt nichts lästig«, sagte Phil schroff. »Nichts, außer dieser Reisegesellschaft, diesen Typen... Mir wäre es lieber, wir würden im Auto fortfahren, du und ich...«

»Ja, aber da wir kein Auto haben, Phil...«

Er fühlte sich beschämt, wie immer, wenn Vinca es als selbstverständlich hinnahm, ein einfaches junges Mädchen ohne Vermögen und ohne Taschengeld zu sein, an das Radfahren ebenso gewöhnt wie ans Wäschewaschen, und geübt darin, Omeletten zu rühren und zusammenzuklappen, ihrer kleinen Schwester die Haare zu waschen oder die Hosen ihres Vaters zu bügeln. Groß für ihr Alter, langbeinig und eckig, benahm sie sich ganz wie eine erwachsene Frau und machte sich häufig Sorgen.

»Wegen dem Roastbeef, Phil — weiß deine Mutter davon? Sag ihr, sie soll nur für sechs Personen Fleisch kaufen, es ist so unverschämt teuer...«

Sie brach den Satz ab, um dem perlenden Klirren eines Hagelschauers zu lauschen, und Phil deutete grinsend auf die tiefhängenden Wolken.

»Bis nächste Woche...«, hoffte Vinca.

Und schon nahmen ihre Augen eine Schönwetterfarbe an.

Es kam tatsächlich ein Wetterumschwung.

Schon tags darauf verbreitete der Palmsonntag rund um die Kirche von Auteuil seinen Kater- und Blütengeruch. Weil sie nach Philippe und seinen Eltern Ausschau halten wollte, die zum Mittagessen erwartet wurden, öffnete Vinca das Fenster, das auf die Straße — eine der letzten dörflichen Straßen von Auteuil — hinausging. Sie beugte sich über das Fensterbrett, um den verblühten Flieder und die Mahonie mit den rostfarbenen Blättern zu bewundern, die sich zwischen Gitter und Hausmauer drängten.

‚Hier werde ich, wenn wir einmal verheiratet sind, auf Philippe warten...‘

Sie gehörte jenem sanftmütigen, hartnäckigen, lebenstüchtigen und vom Fortschritt unberührten

Menschenschlag an, der sich weder ändern noch unterkriegen läßt.

Im Morgensonnenschein des Ostersamstags fuhren neun Fahrräder durch das Tor des Parks von Saint-Cloud. Während sie auf der großen, in Richtung Marnes ansteigenden Allee in die Pedale traten, namen die neun Radfahrer, ohne darüber ein Wort zu verlieren, in allen Einzelheiten die Autofahrer wahr, von denen sie überholt wurden, und horchten auf das dumpfe Brummen der neuen Motorräder. Keiner von ihnen war zufrieden mit seinem Los oder seinem Alter, keiner brannte darauf, Vertraulichkeiten auszutauschen. Nur Philippe und Vinca, »das Immergrün«, blickten auf eine, gleich ihnen selbst gerade sechzehn Jahre alte gemeinsame Vergangenheit zurück, die reich war an zärtlicher, geschwisterlicher Kameradschaft und reich an beredtem Schweigen.

Die meisten der neun Radfahrer waren Kinder kleiner, verarmter Pariser Kaufleute; kostspielige Vergnügungen blieben ihnen versagt, und sie waren es gewohnt, ihre Wünsche und Lüste zu unterdrücken und nur im geheimen zu nähren. Ihrer Weise, arm zu sein, fehlte es nur ein wenig an Unbefangenheit. So riß sich einer der Jungen schon beim Stadttor von Marnes absichtlich ein Loch in den Ärmel seines abgetragenen Pullovers, schob einen seiner Halbstrümpfe bis zum Knöchel hinunter und hob einige Elsternfedern vom Boden auf, um sie sich ins Haar zu stecken. Doch sein abgerissenes Aussehen brachte niemanden zum Lachen. »Die

Verrückte« mit den stets weit aufgerissenen Augen stieß ihren Schlachtruf aus, fuhr wie ein Wirbelwind durch die Stadt Marnes und erreichte als erste das Wäldchen von Fausses-Reposes, wo ihr winziges Hündchen eine Blasenentleerungsrast einzulegen beschloß. Aus Ritterlichkeit stiegen auch ihre acht Kameraden ab und warteten abseits der Straße auf einer Lichtung, wo im lauten, gleichmäßigen Rauschen des Windes, der jungen Blätter und der Vogelstimmen die Morgenstille vom Wald wieder Besitz ergriff. Philippe streichelte den schimmernden Stamm einer Vogelkirsche; als er den Kopf hob, bemerkte er, daß der Baum in voller Blüte stand. Wie immer, wenn er sich glücklich fühlte, rief und winkte er Vinca herbei. Sie bog den Kopf zurück, um die Vogelkirsche zu betrachten, und ihre blauen Augen stahlten. Mehr bedurfte es nicht, damit die beiden sich verbunden fühlten und an jenen geheimen Ort entrückt, wo ihre zärtliche Zuneigung Kraft und Selbstbewußtsein wiedergewann.

Auf der Straße fuhren sie, Rad an Rad, den anderen voraus. Das Steilstück nach der Ausfahrt aus Versailles kam ihnen lang vor. Die Jungen entledigten sich nach und nach, der eine seines Pullovers, der andere seiner billigen Kunstlederjacke. Sie hatten jetzt alle schon glühende Wangen und gerötete Augen, die glücklichen Mienen getrösteter Kinder, deren Gesicher noch von Tränenspuren gezeichnet sind. Sie warfen nicht einmal einen Blick auf den romantischen Teich von Voisins Bretonneux, riefen einander jedoch in langen Abständen treffende Bemerkungen über die Außentemperatur, ihren

Schweißverlust oder die Fahrtgeschwindigkeit zu. Der scharfe Nordostwind und die stechende Aprilsonne entlockten ihnen manchmal einen unwillkürlichen Schrei, und von seinem Erdbeerkorb herab antwortete ihnen das winzigkleine Hündchen.

»Blühende Pfirsichbäume!... Wilde Hyazinthen!... Ich habe Hyazinthen gesehen! Ich bleib stehen!« rief die schwarzlockige Maria.

»Ruhe«, befahl ihr ebenso schwarzlockiger Zwillingsbruder, »die nehmen wir auf der Rückfahrt mit.«

»Glaubst du denn, daß man uns bis dahin noch welche übrig läßt? Ich bleib stehen!«

Sie sprang vom Rad, verstauchte sich den Knöchel und schrie. Einer der Brüder Viénot stieß ein Schimpfwort aus, das von dem Zwillingsbruder des Opfers sofort aufgegriffen wurde, und die Verrückte, die, um von dem Streit nichts zu versäumen, kehrt gemacht hatte, versperrte einem Automobil den Weg.

Philippe verlor die Geduld, er hatte keine Lust, auf seine Kameraden zu warten, und der Klang ihrer Stimmen, die Schimpfworte, die sie einander zuriefen, trieben ihm das Blut in die Wangen.

»Komm«, sagte er zu Vinca. »Die werden uns schon wieder einholen. Außerdem ist es glücklich halb zwölf geworden.«

Erleichtert fuhren die beiden los, genossen ihre Einsamkeit und ihre wiedererwachende gute Laune. Der Frühling war noch in jenes durchscheinende Gelb getaucht, das dem allesumfassenden Grün vorausgeht. Die gelben Wiesenhimmelschlüssel, die honigfarbenen Weidenkätzchen, die Pappelblätter, die rosig-golden zur Welt kommen, vermochten Vinca und Philippe erst zu begeistern, als sie sich endlich ungestört fühlten. An die dornigen Schlehenhecken hängte der verspätete Frühling runde Perlen, weiß wie Hagelkörner.

In den »siebzehn Kurven« vor Dampierre verminderten die beiden ihr Tempo.

»Ich komm nur auf vierzehn«, sagte Vinca, als sie den Hügel überwunden hatten.

»Was für ein Kind du bist«, sagte Philippe nachsichtig.

Aber auch er hatte die Kurven mitgezählt, und unwillkürlich wurde er von einem Lachkrampf erfaßt, der ihm Tränen in die Augen trieb. Atemlos, verschwitzt, mit heißer Stirn und kalten Ohren sog er die Luft in tiefen Zügen ein, überwältigt von einem etwas müden Wohlbehagen, leer und zufrieden, als hätte er eben eine unverdauliche Speise wieder von sich gegeben.

»Ah«, seufzte er, indem er vom Rad stieg, »ich fühl mich schon besser.«

In der Mittagssonne schoben sie die Räder über das letzte Steilstück vor Les Vaux, quer durch ein lichtes, von wilden Anemonen gesprenkeltes Wäldchen.

»Komm, Vinca, hier machen wir Rast.«

Ihm auf dem Fuß folgend schob sie ihr Rad über einen schmalen, von niederen Eichen und zartblättrigen Birken gesäumten Pfad.

»Horch...«, sagte Vinca. »Ein Kuckuck. Wenn der Kuckuck ruft, dann haben die wilden Veilchen schon ihren Duft verloren.«

Philippe war abrupt stehengeblieben und stand nun Schulter an Schulter mit Vinca. Deutlicher als die zwei Töne des Kuckucksrufs hörte er den Atem des Mädchens, dessen auf die Baumwipfel gerichtete Augen in einem schiefergrau getigerten, hellviolett getüpfelten Blau erstrahlten, das er zum erstenmal zu sehen vermeinte... Ihre aufgesprungenen roten Lippen waren leicht geöffnet und bei dem Gedanken an die Kühle ihrer starken Zähne erschauerte Philippe plötzlich...

»Komm, Vinca...«

»Wohin?«

»Dorthin... dort...«

Er deutete auf einen ihm unbekannten, abseits des Weges gelegenen Platz, der seiner Vorstellung nach moosbewachsen sein mußte, oder von weißem Sand bedeckt, oder von hohem Gras überwuchert wie eine Juniwiese... Wie im Traum sah er ihn vor sich: sandig weiß, grün von zarthalmigen Waldgräsern, moosig am Fuß einer Eiche, und zum Fürchten eng... Im selben Augenblick stolperte er beinahe über etwas, das er sich weder ausgemalt noch gesehen hatte: ein still und befriedigt im Gras liegendes Paar, das sich durch die fremden Blicke nicht aus der Ruhe bringen ließ. Die Frau schloß nur die Augen und schmiegte sich noch enger an den Mann neben ihr.

Philippe riß die Lenkung seines Fahrrads so plötzlich herum, daß er Vinca beinahe umstieß, die zurücktaumelte, ohne ein Wort zu sagen.

»Wir kehren um, das war ein Irrtum«, sagte er laut und mit gekünstelt klingender Stimmme.

Ohne Rücksicht drängte er sie in Richtung Straße.

»Mach schon, so mach doch schon! Hast du heut Bleigewichte an den Füßen?«

Er wünschte, sie hätte, an seiner Seite, dieses liegende Paar nicht gesehen. Er wünschte, sie wäre bei diesem Anblick entsetzt und angewidert davongelaufen...

»Los, mein Kleines, mach schon...«

»Warte, Phil, da ist eine Dornenranke... Sie hat sich in meinen Speichen verfangen...«

Er kam ihr nicht zu Hilfe, ließ sie allein mit den feindseligen dürren Dornenranken fertigwerden und sah ihr mit strengem Blick dabei zu. Sie bat ihn weder um Hilfe noch um eine Erklärung, und als sie die Straße erreichten, leckte sie nur wortlos an ihrer blutig gekratzten Hand.

»Zurück, Vinca! Dein Vorderrad ragt in die Straße... Um ein Haar hätte der Kerl dich mit seinem Vehikel gestreift...«

»Ja...«

»Zwanzig nach zwölf!... Wenn sie in zwei Minuten nicht da sind, fahren wir ohne sie weiter.«

»Wie du willst...«

‚Gehorchen, das kann sie', dachte er. ‚Bis wohin sie mir wohl gehorcht hätte, dort in dem Wäldchen?...'

Aus dem Tal drangen Rufe und das durchdringend hohe Gebell des winzigen Hündchens zu ihnen herauf. Philippe hob die Arme, schrie ihnen laut »ho la!« entgegen. Als das Grüppchen die Hügelkuppe erreichte, schwang er sich in den Sattel, und von einer unbestimmten Dankbarkeit erfüllt, schloß er sich seinen Kameraden an.

Die Hochzeit

Meine weiße Schleppe über den Arm geworfen ging ich ganz allein in den Garten hinunter. Nach einer mit Wachträumen verbrachten Nacht überkam mich nun endlich die Müdigkeit dieses früh begonnen Tages.

Sie war recht klein und bescheiden gewesen, meine Hochzeit. Monsieur N., ein Holzhändler aus der Gegend, in Begleitung von Frau und Tochter, die zwei Trauzeugen des Bräutigams, Adolphe Houdard und Pierre Veber. Keine Meßfeier, nur eine einfache Trauung um vier Uhr nachmittags. Um fünf Uhr legte sich meine Mutter Sido, die ganz steif und förmlich aussah in ihrem paillettenbesetzten schwarzen Taftkleid, einen Augenblick zur Ruhe. Ihr Gesicht war gerötet, wie immer, wenn sie sich unglücklich fühlte und dies zu verbergen versuchte. Mein Vater saß in seinem Lehnstuhl und las die *Revue bleue.* Pierre Veber und Houdard waren mit dem jüngeren meiner Brüder in eine dunkle, kühle kleine Kneipe in der Nähe gegangen, um eine Partie Billard zu spielen.

Hatte man je eine friedlichere Hochzeitsfeier erlebt? Und doch haftete ihr etwas Merkwürdiges an. Erstens einmal waren Photographen, selbst Amateurphotographen, von vornherein ausgeschlossen worden. Dann behalf sich die Braut ohne Seidendamast und ohne Wachsblumenkranz: Ein mit kleinen Blumensträußchen besticktes, an Hals und Taille gezogenes Batistkleid, ein breites weißes Stirnband (»à la Vigée Lebrun«, wie meine Mutter sagte) und mein langer Zopf, der in den Falten des langen Rockes verschwand — viel mehr wüßte ich über mein Aussehen nicht zu sagen, es sei denn, daß ich sehr rührend und ziemlich blaß ausgesehen haben muß.

So klein der Festzug war, so groß war die Vielfalt an Bärten. Wie behaart die Gesichter der Männer damals doch waren! Mein Vater trug noch die Barttracht eines ehemaligen Zuaven. Mein Bruder, der Jungarzt, und der reizende Pierre Veber — beide sechsundzwanzigjährig, mit braun-goldenen Augen und dem Charme verwöhnter Lieblingssöhne — trugen ebenso wie Houdard und mein Mann mit der Schere zurechtgestutzte Spitzbärte, und der Schnauzbart meines Mannes, eine dicke, in langgezogene Spitzen auslaufende blonde Rolle, galt zu Recht als außergewöhnlich; mein Mann hatte ihn sich in Le Mans, beim 31. Artillerieregiment zugelegt.

Da ich in meinen Konfektionsschuhen aus weißem Satin nicht mehr fest auf den Beinen stand, setzte ich mich bald auf eine Stufe. Vom Haus her schallten die Stimmen meines Mannes und meines älteren Bruders bis zu mir. Sie hatten, der eine sein Jackett, der andere seinen Gehrock abgelegt. In völliger Mißachtung dieses geheiligten Festtages schmiedeten sie mit hochgekrempelten Ärmeln um die Wette Nonsens-Verse.

»Deiner ist besser«, sagte mein Mann. »Meiner ‚Anton, der Ton deines Grußes betört‘, klingt zu wenig volkstümlich. Ob wir bis morgen noch zwei andere hinkriegen, bevor der Zug abfährt? . . .Sag deinen noch einmal!«

Ich hörte meinen Bruder deklamieren:

Es gähnt eine Grube, der Hang darüber
gerät ins Gleiten, stürzt ab mit Getös'.
Und die Moral von der Geschicht:
Hüte dich Zeit deines Lebens
Hänge über Gruben zu häufen

»Fabelhaft! Und was hast du für meine Rubrik ‚poetische Werbung'?«

»Nichts als den alten Hugo:

Wenn da ist das Kindlein, applaudiert
laut jubelnd die ganze Familie...

und beglückwünscht auf das herzlichste die erstklassige Hebamme Mme Lachapeigne, die diese schwere Geburt soeben zu einem glücklichen Ende gebracht hat...«

»Ich habe auch einen«, rief ich von weitem »einen Baudelaire!

Laß nach, o du mein Schmerz, und halte still.
Den Abend sehntest du herbei, hier ist er, sieh...

... doch erscheint er ab nun in einer sechsseitigen Ausgabe mit täglichen Feuilletonbeiträgen der beliebtesten Autoren... Geht das?«

»Bravo! Bravo!«, rief mein Mann fröhlich. »Du bist wirklich ein Schatz, Kamerad!«

Ich war stolz auf diesen Titel, den er mir seit meinem sechzehnten Lebensjahr verlieh.

»Seid ihr bald fertig, ihr zwei da drüben?« rief ich.

»Nein«, antwortete mein Mann, »Aber was ist denn das auch für ein Kaff, wo die Post um fünf

Uhr abgeht und Hochzeitsmahle um halb sieben beginnen! Ich such noch was für meine »poetische Werbung«, zu einem möglichst abgedroschenen Vers von Sully Prudhomme... Ich liebe dich!«

Ich wickelte die lästige Schleppe um meine weißen Arme und wartete geduldig. Eine ganz dem Leben meiner beiden älteren Brüder untergeordnete Kindheit und Jugend hatten mich daran gewöhnt, wenig Platz zu beanspruchen und um meine Person wenig Aufhebens zu machen; und auf Jungenscherze, zu denen ich auch Denkspiele wie respektlose Parodien, Silbenrätsel, Kalauer oder satirische Akrosticha rechne, war ich bestens abgerichtet.

In dem Dorf, in dem mein ältester Bruder als Arzt tätig war, beschränkte sich mein Gesellschaftsleben auf die eigene Familie, doch meine zärtliche Bewunderung gehörte einem gewissen hochangesehenen und sehr pariserischen Journalisten, dem Sohn eines Berufskollegen meines Vaters, der fünfzehn Jahre älter war als ich. Der bewunderte Freund wurde mein Verlobter und war nun seit ungefähr eineinhalb Stunden mein angetrauter Ehemann...

Ich stand auf, biß in ein Minzenblatt, ließ mich auf der Umrandung eines glasgedeckten Frühbeetes wieder nieder und zog mein Kleid über dem gestärkten, spitzenbesetzten Unterrock zurecht. Die dreifarbige Katze sprang aus dem Frühbeet, unter dessen Glasdach sie geschmort hatte, und im selben Augenblick stieg mir der intensive Geruch der Tomatenpflanzen, die sie bei ihrer Siesta zerdrückt hatte, in die Nase.

Der Gefühlstaumel eines verliebten Mädchen ist weder so dauerhaft noch so blind, wie sie gerne glauben möchte. Aber ihr Stolz läßt sie stumm und tapfer aushalten, selbst dann, wenn sie schon ganz nahe daran ist, den eigentlich angebrachten, lauten, aufrichtigen Schrei auszustoßen, den Schrei des Erwachens und der Angst. In mir war dieser Schrei nicht aufgestiegen, denn die zwei lange Jahre dauernde Verlobungszeit hatte mein Schicksal festgelegt, ohne irgend etwas an meinem Leben zu ändern. Nach seiner Verlobung mit mir kam der alte Freund der Familie uns eher selten besuchen, brachte Bücher, Zeitschriften oder Bonbonnièren mit und verabschiedete sich wieder ... Das Entscheidende an unserer Verlobung war für mich unser Briefwechsel gewesen, die Briefe, die ich in aller Sorglosigkeit schrieb und erhielt.

Wenn er uns verließ, begleitete ich ihn bis zum Bahnhof des kleinen Regionalzuges. Dann ging ich mit dem Hund Patasson die einen Kilometer lange Wegstrecke wieder zurück. Ich gab vor, die anzüglichen Bemerkungen meiner Brüder gar nicht zu hören — welche Brüder lästern nicht ein bißchen über den Mann, der ihnen eine Schwester entführt? Die meinen sprachen, um mich zu ärgern, von ihm immer nur als »ER«.

»Ist dir aufgefallen«, sagte Achille zu Léo, »wie sehr ER seit dem letzten Mal gewachsen ist?«

»Gewachsen? Bist du sicher?«

»Na, und ob! Sein Schädel ragt doch bereits über die Haare hinaus!«

»Werdet ihr endlich still sein«, sagte Sido. »Müßt ihr die Kleinen denn unbedingt quälen?«

»Das kann ihr nur guttun«, erwiderte mein ältester Bruder. »Sie wird noch ganz andere Dinge erleben, wenn sie erst einmal verheiratet ist. Das härtet sie ab.«

Er hatte ganz recht. Ich biß mir in die Beine und würdigte ihn keines Blickes. Zum Lohn dafür begann mein Bruder lauthals zu singen:

»Ich mach' eine Rundfahrt, potz Blitz sapperment... Adon, Montcresson, Saint-Maurice...«

Das ließ ich mir nicht zweimal sagen. Und wenn er vor der Abfahrt seine Arzttasche auf den Rücksitz des Wagens warf, konnte er sicher sein, daß ich mit meinem Buch, meiner Jause und meinem alten Mantel schon reisefertig dort saß, bereit, steile Wegstrecken zu Fuß zurückzulegen, um die Stute zu schonen, gewohnt, die lauten Schreie der Frauen im Kindbett zu hören, und gerne gewillt, unterwegs ein paar Büschel grünen Hafers oder frisches Gras zu pflücken, um die Stute bei Laune zu halten — kurzum: überglücklich, zu meinen Kindergewohnheiten zurückkehren zu dürfen.

Ermattet und überdrüssig vertrieb sich die Jungvermählte gegen Ende dieses 15. Mai 1893 die Zeit damit, in einem Ameisenhaufen herumzustochern und dessen Eingänge mit einem Stöckchen zu erweitern. Rot stand die Sonne hinter dem Haus; ich war wie benebelt von den Anstrengungen des Tages, aber auch vor Scham darüber, seit dem Morgen Blicken ausgesetzt gewesen zu sein, die mein Wagnis abschätzig beurteilten. Was, so wenig Angst, so wenig Poesie? Aber als poetisch hatte ich bisher nur meine Einsamkeit, Unabhängigkeit und Menschenscheu empfunden, und die wurden mir seit dem Morgen von allen streitig gemacht... ‚Morgen ziehe ich wieder mein Alltagskleid an, dasjenige, das mir am besten steht, und begleite mit meinem Bruder meinen Verlobten zum Bahnhof... Morgen...'

»Könntet ihr nicht einen Teil des Tisches frei lassen für unsere Papiere?« erklang in vorwurfsvollem Ton die Stimme meines Bruders.

Ich hörte das Geschirr klappern, mit dem im Salon der große Tisch gedeckt wurde. Die lange Dämmerung brach herein, ohne die für diese Jahreszeit ungewöhnliche Hitze zu mildern. Mit Blicken und Worten rief ich Sido, die mir keine Antwort gab. Seit dem Morgen wandte sie sich von mir ab wie von einem Schandfleck... ‚Morgen, auf dem Rückweg vom Bahnhof, gehen wir über Croches, denn das ist der schönere Weg. Wir werden die Milchkanne mitnehmen...'

Noch meinte ich, wenn ich »wir« sagte, nur Eltern und Geschwister. Der morgige Zug aber würde mich, als verheiratete Frau, nach Paris bringen.

Erlebte ich dort, zwischen den geknickten Tomatenpflänzchen und der dreifarbigen Katze jenen Augenblick, der mich meine Kühnheit und gleichzeitig meinen Irrtum erkennen ließ? Man soll Mädchen, denen es eben wie Schuppen von den Augen fällt, nicht bemitleiden. Schon im nächsten Augenblick verlieren sie sich wieder in ihren Illusionen.

Die Essenszeit rief unsere Gäste zurück, die Stimmen mehrten sich.

»Zutischzutisch«, kommandierte mein Vater.

»Tischzutischzu«, antwortete mein zweitältester Bruder, der schon leicht beschwipst sein mußte. Auf der obersten Stufe der Freitreppe erschien die einzige Brautjungfer, ganz in taubengrauen, schillernden Taft gekleidet, und auch ich erhob mich, nicht ohne mir zur Verschönerung meines Brautkleides rasch noch ein Sträußchen schwarzroter Nelken anzustecken, die unter dem schützenden Glasdach vorzeitig erblüht waren und nach Gewürznelkenessenz dufteten.

»Mein Gott«, rief das Mädchen im schillernden Taftkleid aus, »das können Sie doch nicht machen!«

»Warum nicht? Sie sind schön und sie riechen gut.«

»Sehr schön«, bestätigte Sido. »Dieses viele Weiß ist schrecklich langweilig. Und meine Tochter sieht heute ohnehin so schlecht aus. Fast alle Mädchen sind an ihrem Hochzeitstag käsebleich.«

»Es ist sehr schwer zu vermeiden...« begann Mme N.

»Nein, ganz einfach«, fuhr Sido dazwischen. »Sie brauchen bloß nicht zu heiraten.«

»Hört auf mich, und nicht...«, flüsterte die charmante Stimme ihres frischgebackenen, wenn auch nicht mehr ganz taufrischen Schwiegersohnes. Sido selbst hatte nämlich zweimal geheiratet.

Viele Einzelheiten dieses weit zurückliegenden Tages sind mir entfallen; die Teilnehmer an jenem Hochzeitsmahl sind inzwischen alle tot, bis auf die Braut mit den roten Nelken im Ausschnitt und, vielleicht, die Brautjungfer im schillernden Taftkleid. Das Festessen war, glaube ich, eher einfach und sehr gut. Doch außer dem Hecht in Sauce mousseline und der Nachspeise — Baumkuchen und Mandeltörtchen, über denen eine Rose aus gesponnenem Zucker schwebte — ist mir nichts davon in Erinnerung geblieben. Denn unter der Wirkung einiger Schlucke Champagner verfiel ich in jenen plötzlichen Schlaf, wie er erschöpfte Kinder bei Tisch überkommt. Dem Hörensagen nach sank mein Kopf auf die Sessellehne herab, wo er liegen blieb. Dies gab Mme N. einen zweiten Anlaß zur Empörung, denn in einem kämpferischen Tonfall, der sich gegen alle und niemanden richtete, bestand Sido darauf, daß man mich doch eine Zeitlang schlafen lassen sollte. Ich schlief ein paar Minuten und hörte, als ich erwachte, meinen Mann sagen:

»Sie hat eine gewisse Ähnlichkeit mit der Beatrice Cenci aus dem Palazzo Barberini...«

»Sie hat mit diesen roten Nelken«, sagte Pierre Veber, »vor allem größte Ähnlichkeit mit einer erdolchten Taube...«

Sidos Stimme klang nun feindselig:

»Fällt euch nichts Besseres ein, als sie mit einer Geköpften und einem toten Vogel zu vergleichen?«

Und schon im nächsten Augenblick ließ sie die Nelken an meinem Ausschnitt verschwinden, indem sie mit abergläubischer Hand einen weißen Schal um meine Schultern legte, wodurch ich gerade noch rechtzeitig erwachte, um den traditionellen Baumkuchen anzuschneiden, die kunstvollen Mandeltörtchen zu zerstören und mich mit dem Silberlöffel an dem rosa-grünen Eis zu vergreifen...

Vierundzwanzig Stunden später trennten mich tausend Meilen, Abgründe, Entdeckungen, unwiderrufliche Metamorphosen von diesem Tag. Kurz vor dem Aufbruch mimte Pierre Veber noch einen Stierkampf mitten auf der Straße und benutzte dazu Sidos geheiligten roten Plaid. Am nächsten Tag fuhr ich nach Paris, in einem alten Eisenbahnwaggon, der so laut rumpelte wie eine Postkutsche, und in Begleitung dreier mir unbekannter Männer, von denen einer mich eben geheiratet hatte. Die Freude, Paris wiederzusehen — und wahrscheinlich auch der Abschiedschampagner — brachten sie außer Rand und Band. Korpulent und beweglich wie er war, sprang mein Mann mit verblüffender Behendigkeit zwischen den Gepäcksnetzen hin und her. Houdard mit seinem schwarzen Bart à la Sadi Carnot sang, und Pierre Veber demolierte geduldig den Mechanismus der Notbremse. Dann beruhigten sie sich und schliefen bei Einbruch der Nacht unvorsichtigerweise ein.

Ab und zu drückte ich die Nase gegen die Fensterscheiben, um am Horizont vielleicht einen ersten schwachen Lichtschein der Stadt zu entdecken. Aber ich sah nichts als mein eigenes dunkles Spiegelbild und dahinter jenes der drei Unbekannten, die mit schief herabhängenden Köpfen schliefen. Durst quälte mich. Aus meiner Erinnerung stieg ein Bild auf, das mir das Herz zerriß. Meine Mutter hatte die ganze Nacht durchwacht und trug, als der Morgen dämmerte, immer noch das paillettenbesetzte schwarze Festkleid. So stand sie in ihrer kleinen Küche vor dem blau gekachelten Herd, mit dem unverhohlenen Ausdruck tiefer, schmerzlicher Traurigkeit, und kochte nachdenklich die Frühstücksschokolade.

Die Ranken des Weinstocks

Früher einmal sang die Nachtigall nicht bei Nacht. Sie hatte eine hübsche Trillerstimme, deren sie sich, wenn es Frühling wurde, vom Morgen bis zum Abend mit großer Kunstfertigkeit bediente. Sie stand wie ihre Artgenossen im graublauen Dämmerlicht auf, und ihr aufgeregter Weckruf brachte die schlafenden Raupen auf der Unterseite der Fliederblätter zum Zittern.

Zur Ruhe ging sie abends um sieben oder halb acht, irgendwo, nicht selten zwischen den blühenden Ranken des Weinstocks, die nach Reseda duften, und dort schlief sie bis zum Morgen durch.

So saß die Nachtigall in einer Frühlingsnacht einmal schlafend auf einem jungen Rebstock, kugelrund aufgeplustert, mit gesträubten Brustfedern, den Hals wie in anmutiger Genickstarre zurückgebogen. Während sie schlief, wuchsen die jungen Triebe des Weinstocks, diese zarten und zugleich zähen Ranken mit ihrem erregenden und erfrischenden Geschmack nach Sauerampfer, und sie wuchsen so rasch in dieser Nacht, daß die Nachtigall gefesselt erwachte, die Füße von verzweigten Stricken umschlungen, die Flügel ohnmächtig gebunden...

Sie glaubte sterben zu müssen, schlug wie wild um sich, entkam nur mit allergrößter Mühe und schwor sich, hinfort im Frühling nie wieder einzuschlafen, so lange die Ranken der Weinstöcke wuchsen.

Von der folgenden Nacht an sang sie, um sich wachzuhalten:

So lange der Weinstock wächst, wächst, wächst,
werde ich nicht mehr schlafen!
So lange der Weinstock wächst, wächst, wächst...

Sie erfand Variationen auf dieses Thema, schmückte es mit Stimmübungen aus, verliebte sich in ihre Stimme und wurde zu jener selbstvergessenen, schmachtenden, berauschenden Sängerin, der man mit dem glühenden Wunsch zuhört, sie einmal singen zu sehen...

Ich habe einmal im Mondschein eine Nachtigall singen gesehen, eine freilebende Nachtigall, die sich unbeobachtet glaubte. Ab und zu hält sie inne, mit vorgeneigtem Kopf, so als lauschte sie in sich dem Nachhall einer verklungenen Note nach... Dann setzt sie mit aller Kraft wieder an, mit zurückgebogener, geblähter Kehle und einem Ausdruck liebestrunkener Verzweiflung. Sie singt um des Gesanges willen, singt so schöne Lieder, daß sie nicht mehr weiß, was sie bedeuten. Ich aber höre durch die goldenen Klänge, die tiefen Flötentöne, die tremolierenden, kristallklaren Triller und die reinen, kraftvollen Schreie hindurch noch immer den ursprünglichen, naiven und angstvollen Gesang der Nachtigall, die sich in den Ranken des Weinstocks verfangen hat:

So lange der Weinstock wächst, wächst, wächst...

Die zarten, zähen Ranken eines bitteren Weinstocks hatten mich in Fesseln gelegt, während ich, zur Zeit meines Frühlings, in seligem, arglosem Schlummer lag. Doch entsetzt daraus hochfahrend habe ich sie zerrissen, alle diese gewundenen Stränge, die meinen Leib schon umschlungen hatten, und bin geflohen...

Als sich dann die süße Betäubung einer neuen Honigmondnacht schwer über meine Lider senkte, da fürchtete ich mich vor den Ranken des Weinstocks, und aus vollem Hals habe ich einen Klageruf ausgestoßen, der mir meine eigene Stimme bewußt gemacht hat...

Wenn ich nachts jetzt einsam wache, beobachte ich, wie über mir das wollüstige, grämliche Gestirn aufgeht... Um mich davor zu bewahren, erneut jenem seligen Schlummer zu verfallen, jener Frühlingszeit, zu der die schlingenden Ranken des Weinstocks wuchern, horche ich auf den Klang meiner eigenen Stimme... Manchmal schreie ich fieberhaft hinaus, was man gewöhnlich verschweigt, was man ganz leise nur flüstert, bis meine Stimme zu einem schwachen Gemurmel verebbt, weil ich nicht wage, weiterzusprechen...

Ich möchte reden, reden, reden, alles sagen, was ich weiß, alles, was ich denke, alles, was ich fühle und erahne, alles, was mich bezaubert und verletzt und erstaunt; doch immer legt sich, gegen Ende dieser klingenden Nächte, eine kühle, besonnene Hand auf meinen Mund...

Und mein von Begeisterung getragener Schrei sinkt zu einem gemäßigten Sprechton herab, zum Geplapper des Kindes, das mit lauter Stimme redet, um sich in Sicherheit zu wiegen und sich zu betäuben...

Seligen Schlummer kenne ich keinen mehr, aber ich fürchte mich nicht mehr vor den Ranken des Weinstocks...

SCHLAFLOSE NACHT

Es gibt in unserem Haus nur ein Bett, zu breit für dich allein, ein bißchen schmal für uns beide. Es ist keusch, ganz weiß, ganz nackt; kein Vorhang verbirgt untertags seine ehrbare Sittsamkeit. Die Leute, die uns besuchen kommen, betrachten es ohne Scheu und wenden nicht mit einem komplizenhaften Lächeln den Blick ab, denn es weist in der Mitte nur eine weiche Vertiefung auf, wie das Bett eines jungen Mädchens, das alleine schläft.

Sie wissen nicht, die hier eintretenden Besucher, daß durch das Gewicht unserer miteinander vereinten Körper diese Einbuchtung, die nicht breiter ist als ein Grab, unter dem Leichentuch der Wollust allnächtlich ein Stückchen tiefer wird.

Oh, unser so nacktes Bett! Die gleißend helle Lampe, die darüber hängt, läßt es noch nackter erscheinen. Wir ergötzen uns darin nicht an kunstvollen, spinnengrauen Schattenbildern, die in der Dämmerung durch einen Baldachin aus Spitzen fallen, auch nicht am rosigen Schein eines perlmuttfarbenen Nachtlämpchens... Gleich einem Gestirn ohne Morgen- und ohne Abendröte, hört unser Bett nur lichterloh zu brennen auf, um in tiefer, samtschwarzer Nacht zu versinken.

Ein Parfumhauch umgibt es; starr und weiß verströmt er einen Duft wie der Leichnam einer Heiligen. Es ist ein komplizierter Duft, der einen überrascht, und den man aufmerksam einatmet, in dem Bemühen, darin den blonden Geschmack deines Lieblingstabaks von dem noch blonderen Aroma deiner so hellen Haut und dem Sandelholzrauch, der von mir ausgeht, zu unterscheiden; wer aber vermöchte zu sagen, wer von uns beiden diesen bäuerlichen Geruch nach zerdrückten Kräutern verströmt?

Heiße uns heute abend willkommen, du unser Bett, und möge dein kühles Tal noch ein wenig tiefer werden unter der Last jener fiebrigen Schwere, mit der uns ein Frühlingstag in den Gärten und Wäldern draußen erfüllen wird...

Ich liege regungslos, den Kopf auf deine weiche Schulter gebettet. Bis zum Morgen werde ich bestimmt in einen so starrsinnigen, unerbittlichen Tiefschlaf verfallen, daß die Träume vergebens mit den Flügeln daran schlagen werden... Gleich werde ich einschlafen... Ich muß nur noch für meine Fußsohlen, die jucken und brennen, einen angenehm kühlen Platz finden... Du rührst dich nicht. Du atmest in regelmäßigen Zügen, aber ich spüre, daß deine Schulter noch wach ist und sich behutsam an meine Wange schmiegt... Schlafen wir... Die Mainächte sind so kurz. Trotz der blauen Dunkelheit, die uns einhüllt, sind meine geschlossenen Augen noch voll von Sonnenlicht, von rosa Flammen, von schwankenden, bewegten Schatten, und ich lasse den vergangenen Tag an ihnen vorüberziehen, so wie man im Schutze einer Jalousie auf einen strahlend hellen Sommergarten hinausblickt...

Wie laut mein Herz klopft! Auch das deine höre ich dicht an meinem Ohr. Schläfst du noch nicht? Ich hebe ein wenig den Kopf, erahne die Blässe deines Gesichts, die fahlen Umrisse deines kurzgeschnittenen Haares. Deine Knie sind kühl wie zwei Orangen... Dreh dich zu mir, damit ihnen die meinen diese angenehme Kühle entwenden können...

Ach! Schlafen wir!... Tausend und abertausend Ameisen kreisen im Blutstrom unter meiner Haut. Meine Wadenmuskel beben, meine Ohren zucken, und ist unser weiches Bett denn heute mit Tannennadeln gespickt? Schlafen! Ich will einschlafen!

Ich kann nicht schlafen. Munter pocht in mir eine selige Schlaflosigkeit, und in deiner Reglosigkeit errate ich die gleiche zitternde Ermattung... Du rührst dich nicht. Du hoffst, ich schlafe. Ab und zu umfängt dein Arm mich fester, aus zärtlicher Gewohnheit, und deine allerliebsten Füße schlingen sich um die meinen... Der Schlaf naht, streift mich und flieht... Ich sehe ihn! Er gleicht diesem Schmetterling aus schwerem Samt, den ich quer durch den von Irisblüten gesprenkelten Garten verfolgte... Erinnerst du dich? Was für ein Licht, was für eine jugendliche Ungeduld hat diesen ganzen Tag verklärt!... Ein scharfer, eiliger Wind trieb Schwaden rasch dahinziehender Wolken an der Sonne vorüber, zerknitterte die allzu zarten Blätter der Linden, und uns fielen wie rosarote Raupen die Blüten des Nußbaums auf den Kopf, zusammen mit den Paulowniablüten, die so verwaschen malvenfarbig sind wie der Himmel von Paris... Die jungen Triebe der Johannisbeersträucher, die du zwischen den

Fingern zerriebst, die Rosetten von wildem Sauerampfer im Gras, die ganz jungen, noch bräunlichen Minzenblätter, der Salbei, der so pelzig ist wie ein Hasenohr, dies alles floß über von einem kräftigenden, berauschenden Duft, der sich auf meinen Lippen mit dem Nachgeschmack von Alkohol und Zitronenmelisse vermengte...

Ich konnte nur noch lachen und schreien inmitten des langhalmigen, saftigen Grases, das grüne Flecken auf meinem Kleid hinterließ... Deine ruhige Freude wachte über meine Verrücktheit, und als ich die Hand nach den wilden Rosen ausstreckte, die von einem so rührenden Rosa sind — weißt du noch? — da ist deine Hand mir zuvorgekommen, du hast den Zweig gepflückt und die kleinen, korallenfarbenen, wie Krallen gekrümmten Dornen einzeln abgebrochen, einen nach dem anderen... Du hast mir die entwaffneten Blüten überreicht...

Du hast mir die entwaffneten Blüten überreicht... Als ich mich außer Atem niederließ, um auszuruhen, hast du mir den besten Platz überlassen, im Schatten des persischen Flieders, unter seinen reifen Blütentrauben... Du hast für mich die großen blauen Kornblumen gepflückt, aus deren flaumiger Mitte Aprikosenduft aufsteigt... Zur Jausenzeit, als du über meine heißhungrige Gier lächeln mußtest, hast du den Rahm von dem kleinen Kännchen Milch für mich abgeschöpft... Mir hast du das knusprigste Brötchen gegeben, und ich sehe noch, wie du deine im Sonnenlicht fast durchsichtige Hand hobst, um die zornig burrende Wespe zu verjagen, die sich zwischen meinen Locken verfan-

gen hatte... Du hast mir einen leichten Mantel über die Schultern gelegt, als gegen Abend eine langgestreckte Wolke langsam vorüberzog und ich zu frösteln begann, ganz ermattet und berauscht von einem Lustgefühl, für das die Menschen keinen Namen haben: der unbändigen Frühlingswonne glücklicher Tiere... Du hast gesagt: »Komm zurück...,
laß es gut sein... gehen wir nach Hause!« Du hast gesagt...

Ach, wenn ich an dich denke, ist es um meine Ruhe geschehen. Wieviel Uhr hat es eben geschlagen? Die Fenster schimmern schon bläulich. Ich höre mein Blut rauschen, oder vielleicht das Rauschen der Gärten dort draußen... Schläfst du? Nein. Wenn ich meine Wange näher an die deine legte, würde ich deine Wimpern flattern fühlen wie eine gefangene Fliege... Du schläfst nicht. Heimlich belauerst du mein Fieber. Du beschützt mich vor bösen Träumen; wie ich an dich denke, so denkst du an mich, und nur aus seltsamer, sentimentaler Schamhaftigkeit geben wir beide vor, friedlich zu schlafen. Mein ganzer Körper entspannt sich hingebungsvoll, und schwer ruht mein Kopf an deiner weichen Schulter; aber insgeheim lieben sich unsere Gedanken in dieser blauen, so eilig sich ausbreitenden Dämmerung...

Bald wird sich der Lichtstreif zwischen den Gardinen beleben, wird rosig werden... Nur wenige Minuten noch, bis ich auf deiner schönen Stirn, auf deinem zarten Kinn, auf deinen geschlossenen Lidern die Entschlossenheit ablesen kann, dich schlafend zu stellen... Das ist dann der Moment, in dem ich meine Müdigkeit, meine nervöse Schlaflosigkeit nicht länger zu unterdrücken vermag, meine Arme aus diesem fieberglühenden Bett hinausstrecken muß, und meine boshaften Fersen bereits tückisch zu scharren beginnen...

Dann wirst du so tun, als ob du erwachtest! Und endlich werde ich mich in dich flüchten können, mit wirren, ungerechten Klagen, übertriebenen Seufzern, launenhaften Verwünschungen über den bereits angebrochenen Tag, die nicht enden wollende Nacht, den Lärm von der Straße... Denn ich weiß genau, daß du mich dann noch fester an dich drückst und daß deine Küsse noch inniger, deine Hände noch zärtlicher werden, wenn das Wiegen deiner Arme nicht genügt, um mich zu beruhigen; du wirst mir Wollust gewähren, als wäre sie meine Rettung, der unfehlbare Exorzismus, durch den die bösen Geister des Fiebers, des Zorns und der Ruhelosigkeit aus mir ausgetrieben werden... Über mich gebeugt, die Augen von mütterlicher Sorge erfüllt, wirst du mir Wollust schenken, du, die du in deiner leidenschaftlichen Freundin das Kind suchst, das du selbst nie gehabt hast...

Grauer Tag

Laß mich. Ich bin krank und bösartig, so wie das Meer. Wickle diese Decke noch fester um meine Beine, aber trag diese dampfende Tasse hinaus, die nach nassem Heu, nach Lindenblüten und schalen Veilchen riecht... Ich möchte nichts, als den Kopf abwenden und das Meer nicht mehr sehen müssen, und auch den Wind nicht, der so sichtbar weht, der wie Hohngelächter über den Sand pfeift und Wasserstaub über dem Meer aufwirbelt. Bisweilen grollt er geduldig und beherrscht hinter den Dünen, weiter entfernt als der Horizont... Dann greift er mit Kampfgeheul an, rüttelt an den Läden wie ein menschliches Wesen und fegt in formlosen Fransen den Staub seines ewigen Schrittes unter der Türe durch...

Ach, wie weh er mir tut! In meinem Inneren bleibt mir nicht ein geheimes Plätzchen, nicht ein geschützter Winkel mehr, und obwohl ich die Hände flach an die Ohren presse, bläst er mir eiskalt quer durch das Gehirn... Entblößt, zerstückelt, hinweggefegt versuche ich vergeblich, die Gedankenfetzen in meinem Kopf zusammenzuhalten; sie entgleiten mir, flatternd wie ein zerrissener Mantel, wie eine Möwe, die man an den Füßen gepackt hat, und die sich flügelschlagend befreit...

Da kommst du leise, um mir mitleidig die Hände auf die Stirn zu legen — laß mich! Mir ist alles zuwider, am allermeisten das Meer! Geh es doch bewundern, da du es ja so liebst! Es schlägt gegen die Terrasse, gärt, spritzt als gelber Schaum in die Höhe, es spiegelt und glänzt in den Farben eines toten Fisches, es erfüllt die Luft mit einem Geruch nach Jod und fruchtbarer Verwesung. Unterhalb der bleiernen Woge erahne ich das abscheuliche Volk der flachen, schlüpfrigen, eiskalten Tiere ohne Gliedmaßen... Riechst du denn nicht, daß die Flut und der Wind den Gestank verdorbener Muscheln bis in dieses Zimmer hereintragen?... Nein, komm zurück, du kannst mir doch fast immer helfen! Laß mich nicht allein! Gib mir deine wohlriechenden Hände, deine trockenen, warmen Finger, die so zart sind wie Gebirgslavendel, damit ich sie mir unter meine vor Ekel ganz bleiche und verstopfte Nase halten kann... Komm zurück! Bleib ganz nahe bei mir, befiehl dem Meer, sich zurückzuziehen, gib dem Wind ein Zeichen, er soll sich gehorsam in den Sand legen und still mit den Muscheln spielen... Gib ihm ein Zeichen: er wird sich, federleicht, auf der Düne niederlassen und sich damit vergnügen, mit einem einzigen Atemstoß die Gestalt der wandernden Hügel zu verändern...

Ach, du schüttelst den Kopf... Du willst nicht — du kannst es nicht. Also, dann geh fort, laß mich schutzlos im Sturm zurück, und möge dieser doch die Mauern zum Einsturz bringen, hier eindringen und mich mit sich forttragen! Verlaß dieses Zimmer, damit ich das nutzlose Geräusch deiner Schritte nicht mehr höre! Nein, nein, keine Zärtlichkeiten! Deine Zauberhände, dein niederschmetternder

Blick und dein Mund, der jede Erinnerung an andere Münder auslöscht, sie wären heute machtlos. Ich trauere heute jemandem nach, der mich vor allen anderen besaß, vor dir, noch ehe ich eine Frau war.

Ich gehöre einem Land an, das ich verlassen habe. Du kannst nicht verhindern, daß sich, zu dieser Stunde, dort eine nach Wald duftende Vegetation in der Sonne entfaltet. Nichts und niemand vermag zu verhindern, daß dort, zu dieser Stunde, die Stämme der Bäume im hohen Gras versinken, nach dessen köstlichem, beschwichtigendem Grün meine Seele dürstet... Du kennst das nicht, komm und laß dir ganz leise sagen: der Duft der Wälder in meinem Heimatland kommt dem von Erdbeeren und Rosen gleich! Wenn das Dornengestrüpp dort in Blüte steht, möchte man schwören, daß irgendwo — da drüben, hier, ganz nahe von hier — eine Frucht reift, eine unerreichbare Frucht, die man mit weit geöffneten Nasenflügeln einatmen kann. Wenn der Herbst das welke Laub durchtränkt und gerbt, möchte man schwören, es sei eben ein überreifer Apfel zu Boden gefallen, und man sucht ihn, erhascht seinen Geruch — hier, da drüben, ganz nahe von hier...

Und würdest du im Juni über die gemähten Wiesen wandern, nachts, wenn das Mondlicht an den runden Heuhaufen herabrieselt, die die Dünen meines Landes sind, dann könntest du fühlen, wie dir bei ihrem Duft das Herz aufgeht. Du würdest die Augen schließen, mit jenem ernsten Stolz, mit dem du deine Wollust verschleierst, und mit einem lautlosen Seufzer den Kopf sinken lassen...

Und kämst du an einem Sommertag in mein Heimatland, in einen mir wohlbekannten Garten, einen von grünen Pflanzen verdunkelten Garten ohne Blumen, und sähst du in der Ferne eine runde Bergkuppe blauen, auf der die Steine, die Disteln und die Schmetterlinge die gleiche blasse, staubige Blautönung annehmen, so würdest du mich vergessen, würdest dich dort hinsetzen und bis an dein Lebensende nicht mehr von der Stelle weichen.

Es gibt dort, in meinem Heimatland, auch ein Tal, so eng wie eine Wiege, über das abends ein Nebelstreif schwebend dahinzieht, ein zarter, weißer, lebendiger Dunstschleier, ein anmutiger Nebelgeist, der auf dem feuchten Luftkissen liegt. Beseelt von einer sachten Wellenbewegung, löst er sich in sich selbst auf und verwandelt sich nach und nach in eine Wolke, eine schlafende Frau, eine verliebte Schlange, ein drachenköpfiges Pferd... Wenn du zu lange dort bleibst und, über das enge Tal gebeugt, die eisige Luft trinkst, die diesen Nebel trägt, der so lebendig ist wie eine ruhelose Seele, dann überkommt dich ein Schaudern, und die ganze Nacht werden dich wirre Träume narren...

Hör weiter, und leg deine Hände in die meinen: folgtest du, in meinem Heimatland, einem mir wohlbekannten kleinen, von flammendrosa Fingerhut gesäumten gelben Pfad, so hättest du das Gefühl, auf jenem Zauberpfad zu wandeln, der aus dem Leben hinausführt... Das erregte Summen der samtbefrackten Wespen braust dir in den Ohren wie das Blut deines eigenen Herzens und lockt dich weiter bis zu dem Wald hinauf, wo die Welt endet...

Es ist ein sehr kalter, von den Menschen vergessener Hochwald, der ganz dem Paradies gleicht; hör gut zu, denn...

Wie blaß du geworden bist, und mit welch großen Augen du mich ansiehst! Was habe ich dir da erzählt? Ich weiß es nicht mehr... ich redete und redete von meinem Land, um das Meer und den Wind zu vergessen... Du fühlst, wie weit ich mich entfernt habe, und rufst mich zu dir zurück... Ich muß umkehren und den Weg zurückgehen, muß meine blutenden Wurzeln noch einmal aus dem Boden meines Landes reißen...

Da bin ich! Nun gehöre ich wieder dir. Ich wollte nur den Wind und das Meer vergessen. Ich habe im Traum gesprochen... Was habe ich dir erzählt? Glaube nichts davon! Sicher habe ich dir von einem Wunderland erzählt, wo der Geruch der Luft berauschend wirkt?... Glaube nichts davon! Fahre nicht hin: du würdest es vergeblich suchen. Du würdest nichts als eine eher trübselige, von Wäldern verdunkelte Landschaft vorfinden, ein stilles, ärmliches Dorf, ein feuchtes Tal, einen kahlen, bläulichen Berg, der nicht einmal Ziegen zu ernähren vermag...

Nimm mich wieder auf! Da bin ich wieder. Wo ist denn während meiner Abwesenheit der Wind hingekommen? In welche Dünenmulde hat er sich müde und trotzig zurückgezogen? Ein zwischen zwei Wolken eingeklemmter, spitzer Sonnenstrahl sticht ins Meer und bricht sich hier in diesem Fläschchen, wo er sich tanzend dreht...

Nimm diese Decke fort, unter der ich ersticke; schau, das Meer wird schon grün... Öffne das Fenster und die Tür, und laß uns auf das goldene Ende dieses grauen Tages zulaufen! Ich möchte am Strand die vom Meer angespülten Blumen *deines* Landes pflücken, diese unvergänglichen, als Blütenblätter aus rosa Perlmutt im Sand verstreuten Blumen, oh Muscheln...

LIED DER TÄNZERIN

Du nennst mich Tänzerin, doch sollst du heute wissen, daß ich nie gelernt habe, zu tanzen. Als du mir begegnetest, war ich klein und verspielt, tanzte über die Straße und trieb meinen blauen Schatten vor mir her. Ich drehte mich wie eine Biene, und gleich blondem Blütenstaub hing der Straßenstaub an meinen Füßen und meinem erdfarbenen Haar...

Du sahst mich vom Brunnen zurückkehren, wie ich den Krug auf meiner Hüfte balancierte, während das Wasser im Rhythmus meiner Schritte in runden Tränen, in silbrigen Mäandern über meine Tunika lief, als kurzer, krauser Sprühregen eiskalt bis zu meiner Wange hochspritzte... Ich ging langsam und bedächtig, aber du nanntest meine Gangart einen Tanz. Du sahst nicht auf mein Gesicht, sondern deine Augen folgten der Bewegung meiner Knie und dem Wiegen meiner Hüften, du erkanntest die Form meiner nackten Fersen im Sand und den Abdruck meiner gespreizten Zehen, den du mit dem von fünf ungleichen Perlen verglichst...

Du hast mir zugerufen: »Pflücke diese Blumen, lauf diesem Schmetterling nach...«, denn du nanntest es einen Tanz, wenn mein Körper sich über die purpurnen Nelken neigte, und wenn ich mir, nach jeder gepflückten Blume, mit einer Handbewegung die hinabgleitende Schärpe wieder über die Schulter warf...

In deinem Haus, als ich allein zwischen dir und der steilen Lampe einer Ölflamme stand, hast du gesagt: »Tanze!« und ich habe nicht getanzt...

Als ich aber nackt in deinen Armen lag, durch das feurige Band der Lust an dein Bett gefesselt, und die unausweichliche Wollust meinen Leib vom zurückgeworfenen Kopf bis zu den angezogenen Füßen durchzuckte, da hast du mich dennoch Tänzerin genannt...

Ermattet steckte ich mir dann das Haar wieder auf, und du betrachtetest meine Locken, die sich so fügsam um meine Stirn ringelten wie eine vom Klang der Flöte betörte Schlange...

Ich habe dein Haus verlassen, während du leise flüstertest:

»Am schönsten tanzst du nicht dann, wenn du atemlos gelaufen kommst, von drängender Begierde erfüllt, und noch im Gehen an deiner Gürtelschnalle nestelst... Nein, sondern dann, wenn du von mir fortgehst, knieweich und innerlich zur Ruhe gekommen, und wenn du aus einiger Entfernung noch einmal zu mir zurücksiehst, das Kinn auf die Schulter gelegt... Dein Körper erinnert sich an mich, schwankt und zögert, deine Hüften sehnen sich immer noch nach mir... Mit zurückgewandtem Kopf siehst du mich an, während deine Füße sich ahnungsvoll tastend ihren Weg suchen... Du gehst, geschminkt von der untergehenden Sonne, und wirst dabei immer kleiner, bis du schließlich, ganz schlank in deinem orangeroten Kleid hoch auf dem Hügel oben stehend, nur noch eine steile, unmerklich tanzende Flamme bist...«

Wenn du mich nicht verläßt, werde ich tanzend meinem weißen Grab entgegengehen.

Mit einem unwillkürlichen, von Tag zu Tag langsamer werdenden Tanz werde ich das Licht begrüßen, das mir meine Schönheit schenkte und Zeuge war, daß ich geliebt wurde.

In meinem letzten, tragischen Tanz werde ich mit dem Tod ringen, aber ich werde den Kampf nur aufnehmen, um ihn mit Grazie zu verlieren.

Mögen die Götter mir einen anmutigen Sturz vergönnen, mit über dem Kopf verschränkten Armen, ein Bein angezogen, das andere ausgestreckt, wie um mit einem einzigen leichtfüßigen Satz die dunkle Schwelle zum Reich der Schatten zu überspringen...

Du nennst mich Tänzerin, dabei kann ich gar nicht tanzen.

Schminken

»Wenn ich in deinem Alter Lippenstift und Puder und Wimperntusche verwendet hätte — was, glaubst du, hätte ich dann von meiner Mutter zu hören bekommen? Du glaubst wohl, daß das schön ist, diese Kriegsbemalung, ... diese ... diese Karnevalsmaske, diese ... diese dummen Mätzchen, die dich nur alt machen?«

Meine Tochter gibt keine Antwort. Genauso habe auch ich in ihrem Alter nur gewartet, bis meine Mutter ihre Predigt beendet hatte. Schon ihr Schweigen verrät eine gewisse Respektlosigkeit, denn der Blick der wachen, glänzenden Augen des jungen Mädchens, die sich verengen unter der rosendornförmigen Wölbung der Brauen, ist leicht zu entziffern. Übrigens bräuchte sie nur an meine Loyalität zu appellieren, bräuchte mich nur in aller Offenheit zu fragen: »Sag ehrlich, findest du das wirklich so häßlich?«

Und ich würde sogleich die Waffen strecken. Aber sie schweigt hinterhältig und läßt mich mit meiner Tirade über die gebotene Ehrfurcht vor der Schönheit der Jugend eiskalt abblitzen. Da ich schon einmal in Fahrt bin, füge ich auch noch etwas über »die Regeln des Anstands« hinzu und berufe mich zum Abschluß endlich auf die Wunder der Natur, auf den Schmelz von Blüten und Früchten, die ewig gleichen Beispiele — wer könnte sich eine geschminkte Rose, eine angemalte Kirsche vorstellen?...

Doch die Zeiten sind längst vorbei, da hochaufgeschossene Mädchen vom Land ihre Finger heimlich in die Mehlkiste tauchten, sich den Saft zerdrückter Geranienblüten auf die Lippen strichen oder von einem Teller, den sie über eine Kerzenflamme gehalten hatten, den Ruß abkratzten, der so schwarz war wie ihre sündige kleine Seele...

Wie geschickt sie doch sind, diese Mädchen von heute! Mit ihren mehr bräunlich als rosa getönten Wangen, ihrem makellos deckenden Make-up, den bläulich oder grau oder blaßgrün schattierten Augenhöhlen, den strahlenförmigen Wimpern und den grell angemalten Lippen fürchten sie sich vor nichts. Sie sind weit besser geschminkt als die ältere Generation. Denn eine Frau zwischen dreißig und vierzig kann sich oft nicht entschließen: ‚Wird man mir dreißig Jahre geben oder vierzig? Oder fünfundzwanzig? Soll ich zu Blüten- oder Fruchtfarben Zuflucht nehmen?‘ Es ist das Alter der Experimente, der tastenden Versuche, der Irrtümer und der Ratlosigkeit, die diese Frauen vom Kosmetiksalon zum Schönheitsinstitut treibt, von der Massage zur Injektionskur, vom entfettenden Wässerchen zur nachfettenden Hautcreme und von der Besorgnis in die Verzweiflung.

Gott sei Dank fassen sie wieder Mut, wenn sie älter werden. Ich bin, seitdem ich meine Altersgenossinnen pflege und schminke, nicht ein einziges Mal einer entmutigten Fünfzigjährigen oder einer neurasthenischen Sechzigjährigen begegnet. Bei diesen alten Kämpferinnen lohnt es sich, kosmetische Wunder zu versuchen — und zu vollbringen. Wo sind sie geblieben, die Farben von ehedem, das grelle Rot, das unvorteilhafte Weiß, das naive Marienblau? Uns steht eine Palette zur Verfügung, an der sich ein Maler berauschen könnte. Die Kunst der Gesichtsverschönerung und die Kosmetikindustrie machen heute beinahe ebenso gewaltige Umsätze wie die Filmindustrie. Je härter die Zeiten für die Frau werden, desto angestrengter bemüht sich diese, stolz zu verbergen, wie sehr sie darunter leidet. Sie, die man einst als »zartes Geschöpf« bezeichnete, wird heute durch ein belastendes Berufsleben schon vor Tagesanbruch aus ihrer zu kurzen Nachtruhe gerissen. Heldenhaft, im Schutz eines mandarinenfarbenen Make-ups, mit künstlich vergrößerten Augen und einem kleinen roten Mund, den sie über ihre bleichen Lippen malt, erkämpft sich die Frau durch diese tägliche Lüge Tag für Tag die nötige Portion Durchhaltevermögen — und den Stolz, die Wahrheit nie und nimmer zuzugeben...

Nie habe ich der Frau so viel Hochachtung, so viel Bewunderung entgegengebracht wie jetzt, seitdem ich sie aus nächster Nähe sehe, seitdem ich unter dem metallisch blauen Strahl der Lampe ihr Gesicht zwischen meinen Händen halte, ein ausdrucksvolles Gesicht ohne Geheimnisse, das sich im bewegten Spiel der Falten verändert. Oh, ihr Kämpferinnen! Weil ihr kämpft, bleibt ihr jung. Ich tue mein Bestes, doch wie sehr helft ihr mir! Wenn die eine oder andere von euch mir flüsternd ihr wahres Alter verrät, bin ich jedesmal verblüfft. Da gibt es eine, die stürzt in mein kleines Laboratorium, als erstürmte sie eine Barrikade. Sie ist schlagfertig, rüpelhaft, großartig:

»An die Arbeit! An die Arbeit!« ruft sie. »Ich hab eine schwierige Verkaufsverhandlung heute. Da muß ich aussehen wie dreißig, und zwar den ganzen Tag!«

Es kommt vor, daß ich mich nur umzuwenden brauche, um von dem mutigen Optimismus dieser Frau zu einem jener zaghaften jungen Mädchen überzuwechseln, die mit ihrem eingezogenen Bauch und den scheuen, samtigen Augen an Windhunde erinnern, dann aber mit sachkundigem Finger die Skala der Kosmetikartikel entlanggleiten:

»Das da... Und das hier... Und dann diesen Stift für die Augen... Und den dunklen Puder... Ach ja, und außerdem noch...«

Ich unterbreche sie manchmal:

»Und was wollen Sie dann noch tun, wenn sie einmal so alt sind wie ich?«

Darauf sah mir eine von ihnen mit einem langen, enttäuschten Blick ins Gesicht:

»Nichts anderes... Wenn Sie glauben, daß mir das Spaß macht... Mein Traum wäre es, das Schminkproblem ein für allemal, fürs ganze Leben zu lösen; ich schminke mich sehr stark, damit ich in zwanzig Jahren immer noch das gleiche Gesicht habe. Dadurch, hoffe ich, wird man es nicht merken, wenn ich mich verändere.«

Zu meinen größten Freuden zählt es, Entdeckungen zu machen. Man möchte gar nicht glauben, wie viele Gesichter es in Paris gibt, die bis ins reife Alter so bleiben, wie Gott sie geschaffen hat. Doch irgendwann kommt der gefährliche Moment, in dem man nicht bloß unverändert bleiben, sondern neu geboren werden möchte; es kommt der bittere, der verspätete Frühling des Herzens mit seiner Berge versetzenden Gewalt...

»Glauben Sie, daß es möglich wäre... Nein, nein, natürlich kann ich mich nicht in eine junge Frau verwandeln... Aber trotzdem...«

Ich höre zu, doch vor allem beobachte ich. Ein schweres, braunes Lid, ein Blick, dem es an Selbstbewußtsein mangelt, eine römische Wange, fleischig, aber noch fest — dieses ganze schöne Arbeitsfeld, das es zu erkunden und zu entdecken gilt... Ich bin zu beneiden, denn wenn das Werk vollendet ist, werde ich reich belohnt: durch den Seufzer der Hoffnung, das Erstaunen, das plötzlich aufkeimende Selbstbewußtsein und diesen ungeduldigen, erwartungsvollen Blick in Richtung Tür, dem Risiko entgegen: »Wie wird es auf die anderen wirken?«...

Während ich schreibe, ist meine Tochter immer noch da. Sie liest, und ihre Hand wandert zwischen einem Obstkorb und einer Schachtel Bonbons hin und her. Sie ist ein Kind ihrer Zeit. Ob für den Goldton ihres Haares ich allein verantwortlich bin? Sie hatte eine Haut wie ein weißer Pfirsich, ehe sie sich, mitten im Winter, in eine dunkle Nektarine verwandelte, mit Hilfe eines Puders, der rotbraun wie Tannenpollenstaub ist... Sie fühlt meinen Blick, erwidert ihn schelmisch und hält eine Traube gegen das Licht, deren dunkle Beeren von bläulichem Reif überzogen sind:

»Die da«, sagt sie, »ist auch geschminkt.«

Tag und Nacht

Die Wespe fraß das Johannisbeergelee von der Obsttorte. Sie ging dabei mit methodischer und unersättlicher Eile ans Werk; mit verklebten Beinen tauchte sie kopfüber in die kleine rosa Wanne mit dem durchsichtigen Rand, in der sie zur Hälfte verschwand. Ich wunderte mich, daß sie nicht vor meinen Augen anschwoll, immer größer und dicker und rund wie eine Spinne wurde... Und meine Freundin kam nicht, meine naschhafte Freundin, die mit solcher Vorliebe zu mir zum Tee kommt, weil ich auf ihre kleinen Eigenheiten eingehe, weil ich ihrem Geschwätz zuhöre, weil ich niemals ihrer Meinung bin... Bei mir ruht sie sich aus: immer wieder beteuert sie mir mit allen Anzeichen der Dankbarkeit, daß ich überhaupt nicht eitel sei; und ich beäuge weder ihren Hut noch ihr Kleid mit dem feindseligen Argwohn der Frau... Wenn ihre anderen Freundinnen etwas Schlechtes über mich sagen, dann schweigt sie, ja manchmal ruft sie sogar dazwischen: »Kinder, daß Colette eine Meise hat, mag ja sein, aber so schlecht, wie ihr sie macht, ist sie nicht!« Kurz gesagt, sie hat mich recht gern.

Mich erfüllt ihr Anblick mit jenem mitleidigen, ironischen Vergnügen, das auch eine Form der Freundschaft ist. Man kann sich keine Frau vorstellen, die blonder, weißhäutiger, besser angezogen oder besser frisiert wäre als sie! Der Farbton ihres

Haares, ihres echten, ungefärbten Haares, schwankt zwischen Silber und Gold; man mußte eigens die Zöpfe eines sechsjährigen Mädchens aus Schweden kommen lassen, als meine Freundin falsche Haarteile haben wollte, jene sogenannten »Chichis«, welche die heutige Hutmode vorschreibt. Unter dieser Krone aus seltenem Metall wird die Gesichtshaut meiner Freundin, um dagegen nicht gelblich zu wirken, mit rosa Puder aufgefrischt, und ihre dunkel getuschten Wimpern überschatten bewegliche graue, rauchfarbene, vielleicht auch braune Augen, deren schmeichlerischer, herausfordernder Blick dem schmeichlerischen, herausfordernden Blick eines Mannes sehr wohl zu begegnen weiß.

Das also ist meine Freundin, über die ich alles gesagt habe, was ich weiß, wenn ich noch hinzufüge, daß sie sich Valentine nennt, wozu einige Verwegenheit gehört in einer Zeit, da die Frauen meist abgekürzte Kosenamen wie Gret, Liz oder Itta tragen, die allesamt wie schlecht zurückgehaltener Schluckauf klingen...

‚Sie hat vergessen', dachte ich, mich in Geduld fassend. Die Wespe versank, schlafend oder tot, Kopf voran in der Wanne voll süßer Köstlichkeiten... Eben wollte ich mein Buch wieder aufschlagen, als die Klingel ertönte und meine Freundin auf den Plan trat. Mit einem einzigen Schwung schlang sie sich den überlangen Rock um die Beine und ließ sich neben mir auf den Sessel fallen, ihren Sonnenschirm quer über die Knie gelegt — eine gekonnte Schauspielerinnen-,

Mannequin-, ja beinahe Seiltänzerinnengeste, die meiner Freundin jedesmal so perfekt gelingt...

»Das ist aber ein später Tee geworden! Was hast du denn gemacht?«

»Aber gar nichts, meine Liebe! Du bist wirklich unglaublich! Lebst da zwischen deinem Hund, deiner Katze und deinen Büchern — ja, glaubst du denn, daß Lelong diese hinreißenden Modellkleider für mich nähen kann, ohne daß ich sie anprobiere?«

»Na, na... jetzt sei einmal still und iß. Das? Das ist nichts Grausliches, das ist eine Wespe. Stell dir nur vor, dieses Loch hat sie ganz alleine gegraben! Ich habe ihr dabei zugesehen: das alles hat sie innerhalb von fünfundzwanzig Minuten in sich hineingefressen.«

»Wie, du hast ihr dabei zugesehen? Das darf ja nicht wahr sein, dir ekelt wohl vor gar nichts! Nein danke, ich bin nicht hungrig. Nein, auch keinen Tee, danke.«

»Soll ich also nach den Toasts läuten?«

»Nicht für mich, vielen Dank... ich hab dir ja gesagt, ich bin nicht hungrig.«

»Hast du schon anderswo gegessen?«

»Aber nein, Ehrenwort! Ich bin nur so... ich weiß nicht, was ich hab...«

Erstaunt hob ich die Augen und betrachtete das Gesicht meiner Freundin, das ich bis dahin noch gar nicht unterschieden hatte von ihrem verrückten neuen Hut, einem Gebilde von der Größe eines Sonnenschirms, bespickt mit einer Fontäne herabwallender Federn, ein Hut wie ein Feuerwerk, wie die großen Wasserspiele im Garten von Versailles, ein für eine

Riesin gemachter Hut, unter dem der kleine Kopf meiner Freundin bis zu den Schultern versunken wäre, hätten nicht ihre berühmten, schwedenblonden »Chichis« sie davor bewahrt... Ihre rosa gepuderten Wangen, die lebhaften, geschminkten Lippen und die aufgebogenen Wimpern verliehen ihr das übliche, maskenhaft frische Aussehen; darunter aber schien sich irgend etwas verändert zu haben, erloschen, verschwunden zu sein. Ganz oben auf der Wange zog sich ein schimmernder Streifen durch die dünne Puderschicht, der den Perlmutterglanz erst kürzlich versiegter Tränen bewahrt hatte...

Dieser von Schminke übertünchte Schmerz, dieser Kummer einer tapferen Puppe rührte mich auf einmal so sehr, daß ich mich nicht zurückhalten konnte, ihr mit einer liebevollen Fürsorge, die zwischen uns beiden sonst gänzlich unüblich ist, den Arm um die Schultern zu legen... Sie riß sich los und errötete dabei unter dem rosa Puder, doch es gelang ihr nicht mehr, das aufsteigende Schluchzen hinunterzuschlucken...

Eine Minute später weinte sie, ohne daß wir ein weiteres Wort gewechselt hätten, still vor sich hin und betupfte mit einer Stoffserviette die *Innenseite* ihrer Augenlider. Sie weinte ganz unverhohlen, aber ängstlich darauf bedacht, ihr Crêpe-de-Chine-Kleid nicht mit Tränen zu benetzen und ihr Gesicht nicht zu verunstalten; sie weinte vorsichtig und bedachtsam, diese kleine Märtyrerin der Schönheitskosmetik...

»Kann ich dir irgendwie helfen?« fragte ich sanft.

Sie schüttelte den Kopf, seufzte zitternd auf und hielt mir ihre Tasse hin, die ich mit kalt gewordenem Tee füllte...

»Danke«, murmelte sie, »das ist sehr lieb von dir... verzeih mir, ich bin so schrecklich nervös...«

»Armes Kind! Willst du mir nicht sagen, was dich bedrückt?«

»Oh doch, freilich! Die Sache ist, weiß Gott, nicht sehr kompliziert. Er liebt mich nicht mehr...»

Er... Ihr Liebhaber! Daran hatte ich überhaupt nicht gedacht. *Sie* hat einen Liebhaber! Seit wann, woher, wen? Dieses perfekte Mannequin soll sich nachmittags einem Liebhaber zu Ehren entkleiden? Plötzlich standen — oder vielmehr lagen — die lächerlichsten Bilder vor meinen Augen, Bilder, die ich eilends verscheuchte, indem ich ausrief:

»Was? Er liebt dich nicht mehr? Das ist doch nicht möglich!«

»Oh, doch... Eine schreckliche Szene...« (sie zog einen goldenen Taschenspiegel hervor, puderte sich das Gesicht, wischte sich mit feuchten Fingern über die Wimpern.) »Eine schreckliche Szene hat er mir gestern...«

»Aus Eifersucht?«

»Eifersucht? Ach, wenn er nur eifersüchtig wäre! Er ist bösartig... Er wirft mir Dinge vor... Dabei kann ich doch gar nichts dafür!«

Schmollend verbarg sie das Kinn in ihrem hohen Stehkragen.

»Stell dir das einmal vor! Ein zauberhafter Bursche — in den letzten sechs Monaten haben wir nicht ein einziges Mal gestritten, nicht ein böses

Wort ist zwischen uns gefallen!... Natürlich war er manchmal nervös, aber bei einem Künstler...«

»Ach, er ist Künstler?«

»Maler, meine Liebe. Ein hochbegabter Maler, übrigens. Wenn ich dir seinen Namen verraten könnte, so würdest du staunen. Er hat zwanzig Rötelzeichnungen von mir gemacht — mit Hut, ohne Hut, in allen meinen Kleidern! Sie sind von einer Zartheit, von einer Leichtigkeit, wie hingehaucht... Der Schwung der Rockfalten — ein Traum, sage ich dir...»

Ihr etwas aufgelöstes Gesicht belebte sich wieder, die schmalen Nasenflügel glänzten noch von getrockneten Tränen und den ersten Anzeichen eines leichten Hautausschlags... Von den Wimpern hatte sich die dunkle Tusche abgelöst, von den Lippen der karminrote Glanz... Unter dem gut sitzenden, lächerlich großen Hut und den künstlichen »Chichis« entdeckte ich zum erstenmal eine weder besonders hübsche, noch als häßlich zu bezeichnende Frau, ein bißchen langweilig vielleicht, aber rührend, aufrichtig und traurig...

Plötzlich röteten sich ihre Lider.

»Und... was ist geschehen?« wagte ich mich vor.

»Was geschehen ist? Gar nichts! Absolut *nichts*, könnte man sagen, meine Liebe! Gestern hat er mich mit einer komischen Miene begrüßt... mit der Miene eines Arztes... Und dann sagte er auf einmal voller Liebenswürdigkeit: »Leg doch deinen Hut ab, mein Liebling! Ich möchte dich hierbehalten, zum Abendessen, ja? Für's ganze Leben, wenn du willst!« Es war genau dieser Hut hier, und du weißt ja, was für eine Plackerei es bedeutet, ihn aufzusetzen oder ihn abzunehmen...«

Das wußte ich zwar nicht, aber ich nickte, tief ergriffen...

»Zuerst sträube ich mich also ein wenig. Er läßt nicht locker, ich überwinde mich, beginne die Hutnadeln eine nach der anderen herauszuziehen, und dann bleibt am Gummiband des Hutes eines meiner Chichis hängen, na ja... Mir war das völlig gleichgültig, es weiß doch jeder, daß ich welche habe — er besser als jeder andere! Trotzdem hat er sich errötend abgewendet, während ich mein Chichi wie eine Blume wieder befestigt habe. Dann bin ich meinem Freund zärtlich um den Hals gefallen, habe ihm ins Ohr geflüstert, daß mein Mann in Dieppe bei einem Rennen ist, und daß... du verstehst schon! Und er hat kein Wort gesagt. Er hat nur auf einmal seine Zigarette fortgeworfen, und dann ist es losgegangen. Er hat mir Sachen an den Kopf geworfen, Sachen, sage ich dir!...«

Bei jedem Satz schlug sie sich mit der flachen Hand auf die Knie — eine mutlose, ordinäre Geste, die auch mein Zimmermädchen macht, wenn es mir erzählt, daß ihr Mann sie schon wieder geschlagen hat.

»Er hat mir unglaubliche Sachen gesagt, meine Liebe! Erst hat er sich noch zurückgehalten, doch beim Reden ist er dann immer mehr in Fahrt gekommen... ‚Nichts wäre mir lieber, mein Schatz, als mit dir die Nacht zu verbringen... (dieses Toupet!) aber ich möchte, daß du mir gibst, was mir zusteht und was du mir nicht geben kannst...!‘«

»Ja, was denn, um Himmels willen?«

»Warte, du wirst es gleich hören... ‚Ich will die Frau besitzen, die du jetzt, in diesem Augenblick bist, die schlanke, zierliche kleine Fee mit der goldenen Haarkrone, die in duftiger Fülle bis über die Augenbrauen herabfällt. Ich will diesen Teint von im Glashaus gereiften Früchten, diese paradoxen Wimpern, diese an englische Gemälde erinnernde Schönheit! Ich will dich so, wie du hier vor mir stehst, und nicht das, was die schamlose Nacht aus dir machen wird! Denn du wirst — ich erinnere mich nur zu gut! — mit der Zärtlichkeit einer Ehefrau auf mich zukommen, ohne Krone und unfrisiert, mit reizlos herabhängenden, zu Zöpfen geflochtenen Haaren. Klein und unscheinbar ohne deine hohen Absätze, ohne samtige Wimpern und ohne Puder, entwaffnet und selbstsicher wirst du auf mich zukommen, und ich werde entsetzt zurückprallen vor dieser fremden Frau!...‘

‚Du wußtest es doch‘, schrie er weiter, ‚du wußtest es doch! Die Frau, die ich begehrte — du selbst, wie du hier vor mir stehst — hast beinahe nichts gemein mit dem grauen Mäuschen, das abends das Badezimmer verläßt! Woher nimmst du das Recht, die Frau, die ich liebe, so zu verändern! Wenn meine Liebe dir etwas bedeutet, wie kannst du es dann wagen, all das zu zerstören, was ich liebe an dir?...‘

Er redete wie ein Wasserfall!... Ich war wie erstarrt, sah ihn an und fröstelte... Ich habe nicht geweint, denk dir! Nicht vor ihm.«

»Das war sehr klug von dir, mein Kind, und sehr tapfer.«

»Sehr tapfer«, wiederholte sie und senkte den Kopf. »Sobald ich mich wieder rühren konnte, bin ich Hals über Kopf fortgelaufen... Ich habe noch ein paar furchtbare Sätze über die Frauen zu hören bekommen, über die Frauen im allgemeinen; über ‚ihre erschreckende Gewissenlosigkeit, ihren rücksichtslosen Stolz, die brutale Unverschämtheit, mit der sie glauben, daß für den Mann im Grunde doch alles gut genug ist...‘ Was hättest du darauf geantwortet?«

»Nichts.«

Nein, nichts hätte ich darauf geantwortet. Was gäbe es auch zu sagen? Meine eigene Meinung ist, ehrlich gestanden, nicht allzu weit entfernt von der dieses rüpelhaften, zum Äußersten getriebenen Mannes... Ich gebe ihm beinahe recht. ‚Für den Mann ist das immer noch gut genug.‘ Sie sind unentschuldbar. Sie haben dem Mann allen Anlaß gegeben, vor ihnen davonzulaufen, sie zu betrügen, zu verachten, für austauschbar zu halten... Seit Anbeginn der Welt unterschieben sie dem Mann hinter den Bettvorhängen ein anderes Geschöpf als jenes, das er begehrte. Sie betrügen ihn auf das schamloseste, seitdem falsche Haare und trügerische Korsette jedes häßliche Entlein in eine »aufregende Frau« verwandeln.

Ich höre zu, wenn meine Freundinnen sich unterhalten, ich sehe sie an, und sie bleiben mir unbegreiflich... Die reizende Lily, dieser Page mit dem kurzen, lockigen Haar, verurteilt ihre Liebhaber schon in der ersten Nacht zum Anblick ihres nackten, mit braunen Schnecken gespickten Kopfes —

jenen fetten, ekelerregenden Schnecken namens Lockenwickler! Clarisse schützt, während sie schläft, ihren Teint mit einer Gesichtsmaske aus Gurkenpaste, und Annie bindet sich das Haar zu einer unbeschreiblichen chinesischen Frisur hoch. Suzanne bestreicht ihren zarten Hals mit Lanolin und umwickelt ihn dann mit einem zerschlissenen alten Lappen... Minna schläft niemals ohne ihre Kinnbinde, die dazu bestimmt ist, die Bildung von Hängebacken und Doppelkinn hinauszuzögern, und auf die Schläfen klebt sie sich Paraffinpflaster...

Wenn ich eine ätzende Bemerkung darüber mache, hebt Suzanne ihre fettgepolsterten Schultern und sagt:

»Glaubst du, ich werde einem Mann zuliebe meine Haut ruinieren? Ich habe keine Reservehaut. Wenn er das Lanolin nicht mag, soll er doch gehen! Ich zwinge niemanden zum Bleiben.« Und Lily erklärt mir empört: »Ich bin mit Lockenwicklern doch nicht häßlich! Ich sehe damit aus wie ein kleines Mädchen, dem man für die Zeugnisverteilung die Haare eingedreht hat.« Und Minna antwortet ihrem Freund, wenn er gegen die Kinnbinde protestiert: »Sei nicht so patzig, mein Schatz. Du bist doch stolz wie ein Gockel, wenn die Leute beim Rennen hinter deinem Rücken flüstern: ‚Diese Minna hat immer noch ihr Madonnengesicht!'« Und Jeannine, die nachts einen Schlankheitsgürtel trägt! Und Marguerite, die... doch nein, darüber kann ich nicht schreiben!...

Meine traurige, entstellte kleine Freundin ahnte dunkel, woran ich dachte, und erriet, daß ich sie nicht genügend bemitleidete. Sie erhob sich:

»Ist das alles, was du mir zu sagen hast?«

»Mein armes Kleines, was soll ich dir denn noch sagen? Ich glaube, daß nichts in Brüche gegangen ist, und daß dein malender Liebster schon morgen an deiner Tür kratzen wird, vielleicht sogar schon heute abend...«

»Vielleicht hat er bei mir zu Hause angerufen? Im Grunde ist er ja kein böser Mensch... er spinnt nur ein bißchen... das ist nur eine vorübergehende Krise, nicht wahr?«

Sie stand schon in der Tür, mit hoffnungsstrahlender Miene.

Ich sagte auf alles, »ja«, voll Mitgefühl und in dem Wunsch, ihre Erwartungen nicht zu enttäuschen... Und dann sah ich ihr nach, wie sie über den Gehsteig lief, mit ganz kurzen Schritten, der hohen Absätze wegen... Vielleicht liebt er sie wirklich... Und wenn er sie wirklich liebt, dann wird er eines Tages, ungeachtet aller kosmetischen Täuschungen und Betrügereien, im Schutz des Dunkels wieder die Faunin mit dem wild wehenden Haar in ihr sehen, die leichtfüßige Nymphe, die schöne Sklavin mit den makellos glatten Flanken, so nackt und bloß wie die Liebe selbst...

»Was machst du morgen, Sonntag?«

»Weshalb fragst du?«

»Och, nur so...«

Der Ton, in dem meine Freundin Valentine sich nach meinen Sonntagsplänen erkundigt, klingt mir ein bißchen zu beiläufig... Ich lasse nicht locker.

»Nur so? Wirklich wahr? Komm, sag mir, was los ist! Brauchst du mich?«

Sie zieht sich charmant aus der Affäre, diese durchtriebene Person, indem sie mir freundlich zur Antwort gibt:

»Ich brauche dich immer, meine Liebe.«

Oh, dieses Lächeln!... Ich fühle mich wieder einmal ziemlich hilflos, wie immer, wenn sie mich mit ihrer weltgewandten Doppelzüngigkeit überrumpelt hat. Am besten, ich gebe gleich nach:

»Sonntags, Valentine, gehe ich entweder in ein Konzert, oder ich bleibe im Bett. Heuer bleibe ich meistens im Bett, weil Chevillard indisponiert ist und die Colonne-Konzerte einander ähneln wie ein Ei dem anderen.«

»Ach so, findest du?«

»Finde ich, ja. Wer früher regelmäßig in Bayreuth war, wer van Rooy als Wotan erleben durfte und Burgstaller als Siegfried erdulden mußte, der hat keine, aber auch schon gar keine Lust, den Letztgenannten bei Colonne wiederzutreffen, in

Zivil, und wie ein wildgewordener Küster aussehend mit seinen Engelslöckchen, mit Beinen wie eine alte Tänzerin und mit seiner läppischen Seminaristen-Empfindsamkeit... Vor ein paar Wochen hat uns ein böswilliger Zufall im Châtelet-Theater zusammengeführt: er stand auf der Bühne, ich saß im Saal und mußte — zweimal! — ein »Ich grolle nicht« über mich ergehen lassen, das Mme de Maupou nicht einmal einer Elternversammlung in der Provinz mehr zumuten würde! Ich habe noch vor dem Ende der Vorstellung die Flucht ergriffen, zur größten Erleichterung meiner rechten Sitznachbarin, der »Erwählten« eines Pariser Stadtrates, meine Liebe!«

»Hattest du sie gestört?«

»Ich hatte ihr Unbehagen verursacht. Seit eine Scheidung von Tisch und Bett mich, ach, so sehr verändert hat, kennt sie mich nicht mehr. Sobald ich auch nur mit einer Wimper zuckte, zitterte sie vor Angst, ich könnte sie umarmen...«

»Ach so, ich verstehe!...«

Sie versteht!... Gesenkten Blickes spielt meine Freundin Valentine mit dem Verschluß ihrer Handtasche. Sie trägt — aber das habe ich ja schon geschildert — einen hohen, ausladenden Hut, unter dem verhängnisvoll blonde Locken hervorquellen. Ihre Arme wirken in den weiten Kimonoärmeln wie Pinguinflügel, der lange, schwere Rock bedeckt ihre spitzen Schuhe, und nur unter Einsatz ungeheurer Willenskraft gelingt es ihr, trotz all dieser Scheußlichkeiten noch hübsch auszusehen... Wie gegen ihre Absicht hat sie eben gesagt:

»Ich verstehe...«

»Ja, du versteht. Ich bin davon überzeugt. Das mußt du gut verstehen können... Solltest du nicht nach Hause gehen, mein Kind? Es ist schon spät, und dein Mann...«

»Oh, das ist aber nicht lieb von dir!...«

Demütig flehend sehen ihre blau-grau-grünbraunen Augen mich an, und schon bereue ich meine Worte.

»Das war doch nur ein Spaß, du Dummerchen! Also, was hattest du vor mit meinem Sonntag?«

In lachhafter Weise breitet meine Freundin Valentine ihre Pinguinarme aus:

»Na ja, weißt du, es hat sich so unglücklich getroffen, daß ich... daß ich morgen nachmittag ganz allein bin, stell dir vor...«

»Und darüber beklagst du dich?...«

Der Satz ist mir entschlüpft... Es scheint fast, als wäre sie traurig, diese junge Puppe. Ihr Mann ist verreist, ihr Liebhaber... anderweitig beschäftigt, ihre Freunde — die eigentlichen Freunde — feiern den Tag des Herrn hinter verschlossenen Türen oder fahren im Auto spazieren...

»Du wolltest also morgen zu mir kommen, mein Kind? Aber ja, komm doch, das ist eine ausgezeichnete Idee!«

Es ist kein Wort wahr, aber sie bedankt sich mit einem Hundeblick, der mir ans Herz rühren muß, und verabschiedet sich dann so lebhaft und eilig, als hätte sie tatsächlich etwas zu tun...

Sonntag. Mein heißgeliebter Sonntag im warmen Bett, mein Feinschmecker-, Schlaf- und Lesesonntag, verloren, vertan — und für wen? Für eine unzuverlässige Freundin, die mir irgendwie leid tut...

Schlaf nicht ein, meine satte graue Katze, denn gleich wird meine Freundin Valentine an der Tür klingeln, hereinrauschen, in lautes Geschnatter ausbrechen... Sie wird dir mit ihrer behandschuhten Hand über den Rücken streichen, und du wirst bis ins Mark zusammenzucken und mit Mörderaugen zu ihr aufsehen... Du weißt, sie mag dich nicht, meine kurzhaarige Bauernkatze; ihre Begeisterung gilt den Angorakatzen, die Pelzmäntel tragen wie Collies und Schnurrbärte wie Chauchard... Weil du sie einmal gekratzt hast, geht sie dir aus dem Weg; von deiner ungestümen, zartbesaiteten, rachsüchtigen Zigeunerseele hat sie keine Ahnung. Wenn sie kommt, dann wende ihr deinen getigerten Rücken zu und rolle dich wie ein Turban auf der Satindecke am Fußende meines Bettes zusammen, die von deinen rosendornförmigen Krallen schon ganz aufgerauht ist...

Psst! Sie hat geklingelt... Da ist sie! Sie zittert vor Kälte und drückt mir auf gut Glück ihr eisiges Näschen ins Gesicht — vom Küssen versteht sie wirklich gar nichts!

»Um Himmels willen, deine Nase hat ja das Bewußtsein verloren, Liebste! Ich bitte dich, setz dich in den Kamin!«

»Mach dich nicht lustig, es ist einfach grauenvoll draußen! Du kannst dich wirklich glücklich schätzen, im warmen Bett zu liegen! Vier Grad unter Null; die Leute auf der Straße werden alle erfrieren.«

Tatsächlich ist das Gesicht meiner Freundin blau angelaufen, es hat die leicht grünlich-violette Färbung noch nicht ganz reifer Pflaumen...

Ein atemberaubendes modisches Kostüm aus mausgrauem Samt, von Kopf bis Fuß das Musterbeispiel der gesetzten Ehefrau. Vor allem die Jacke, ach, die Jacke!... Oben eng, unten weit, mit einem gestickten Saum, der bis zu den Knien reicht und aussieht wie ein zweiter, kürzerer Rock... Und darüber hat Madame, bei vier Grad unter Null, eine Zobelstola drapiert, einen ebenso teuren wie nutzlosen Pelzstreifen, und nun schlottert sie vor Kälte und hat eine violette Nase.

»Dummerchen! Hättest du nicht vielleicht lieber deinen Breitschwanzmantel anziehen sollen?«

Sie macht eine halbe Wendung, mit beiden Händen ihren Hut haltend, in dessen Schleier sie sich verfangen hat:

»Aber nein, das konnte ich doch nicht! Die langen Schöße der Jacke, die jetzt in Mode sind, würden unter meinem Breitschwanzmantel doch hervorschauen — ich bitte dich, wie würde denn das aussehen!«

»Dann hättest du dir den Breitschwanzmantel eben verlängern lassen müssen.«

»Das fehlte mir gerade noch, danke!«

»Oder du hättest dir einen größeren Zobel kaufen müssen...«

Meine Freundin wendet sich so heftig zu mir um, als wollte sie mich beißen.

»Einen... einen größeren Zobel!!! Ich bin ja nicht Rothschild!«

»Ich auch nicht. Oder aber... warte mal... oder du hättest dir einen vernünftigen Wintermantel zulegen sollen, aus einem anderen, weniger teuren Pelz als Zobel...«

Endlich von ihrem Hutschleier befreit, läßt meine Freundin erschöpft die Arme sinken.

»Einen anderen Pelz!... Es gibt keinen anderen wirklich *schicken,* wirklich angezogenen Pelz als Zobel... Das kann doch nicht dein Ernst sein, meine Liebe — eine schicke Frau ohne Zobel, wie sieht denn das aus?«

In der Tat, wie sähe das wohl aus? Keine Ahnung. Vorsichtig taste ich mit den Zehen nach der Gummiwärmflasche am Fußende meines Bettes...

Das Feuer im Kamin kracht und zischt, ein schamloses, ländliches Feuer, das laut furzt und einen rosa Funkenregen hochstieben läßt...

»Valentine, du wirst jetzt so lieb sein und die Hausfrauenrolle übernehmen. Rück bitte den Teetisch zum Bett. Das heiße Wasser steht auf dem Kamin; die Sandwiches, der Wein, alles ist da... Du brauchst nicht nach Francine zu läuten, ich brauche nicht aufzustehen; wir können in aller Ruhe schmausen und faulenzen... Leg doch deinen Hut ab, dann kannst du den Kopf gegen das Kissen lehnen... Na also, siehst du!«

Herzig sieht sie aus ohne Hut. Bißchen wie eine Modistin, bißchen wie ein Mannequin, aber herzig. Eine schöne goldblonde Tolle fällt ihr bis über die dunkelbraunen Augenbrauen und stützt eine große Lockenwelle; darüber türmt sich eine zweite, kleinere Welle, und über dieser ringeln sich noch und noch kleine Löckchen bis über den Hinterkopf hinab... Appetitlich und adrett sieht das aus, duftig und gepflegt, und so kompliziert wie ein Zwischengang bei einem Hochzeitsmahl.

Die Lampe — ich habe Gardinen und Vorhänge zuziehen lassen — wirft einen rosa Schimmer über das Gesicht meiner Freundin; doch trotz der gleichmäßigen, samtigen Puderschicht und dem roten Lippenstift errate ich darunter ihre angespannten Züge, ihr starres Lächeln... Mit einem tiefen Müdigkeitsseufzer lehnt sie sich in die Kissen zurück...

»Fertig?«

»Fix und fertig.«

»Die Liebe?...«

Achselzucken.

»Die Liebe? Ach, mein Gott... Keine Zeit dafür. Bei den vielen Premieren, Abendessen, Mittagessen, Autoausflügen in die Umgebung, Ausstellungen, Teekränzchen und so weiter... Diesen Monat ist es besonders schlimm!«

»Man kommt spät ins Bett, was?«

»Leider...«

»Du solltest morgens spät aufstehen, sonst wirst du deine Schönheit einbüßen, mein Kind.«

Voll Staunen sieht sie mich an:

»Spät aufstehen? Du hast leicht reden! Und was ist mit dem Haushalt? Den nötigen Anweisungen, den Lieferanten und so weiter?... Ganz zu schweigen von diesem Stubenmädchen, das mindestens zwanzigmal an meine Zimmertür klopft!«...

»Schieb den Riegel vor und sag, man soll dich in Ruhe lassen.«

»Aber das kann ich doch nicht tun! Der Haushalt würde auf der Stelle zusammenbrechen; Verschwendung und organisierter Diebstahl würden überhandnehmen... Den Riegel vorschieben! Wenn ich nur daran denke, was für ein Gesicht mein dicker Butler, der Bonnefon so ähnlich sieht, dann machen würde hinter der Tür... Wie sieht denn das aus?«

»Was weiß ich... wie eine Dame, die sich ausruht...«

»Leicht gesagt...«, seufzt sie und gähnt vor Nervosität. »Du kannst dir das leisten, denn du bist... du bist...«

»Eine Randfigur der Gesellschaft...«

Sie lacht herzlich und wirkt dadurch plötzlich wie verjüngt... Dann sagt sie melancholisch:

»Ach ja, du kannst dir das leisten. *Unsereiner* darf sich das nicht erlauben.«

Unsereiner... Geheimnisvoller Plural, Ehrfurcht einflößendes Freimaurertum jener, die vom Gesellschaftsleben hypnotisch angezogen, überfordert und diszipliniert werden... Ein unüberbrückbarer Abgrund trennt diese junge Frau im modisch grauen Kostüm von jener anderen Frau, die da, das Kinn auf die Fäuste gestützt, bäuchlings im Bett liegt. Schweigend genieße ich meine beneidenswerte Inferiorität. Im stillen denke ich:

Ihr anderen, ihr könnt nicht so leben, wie es euch gefällt... Darin liegt euer Ehrgeiz, eure Strafe und euer Verderben. Ihr habt Ehemänner, die euch überfordern — denn nach dem Theater muß man selbstverständlich noch abendessen gehen —, aber zudem auch noch Kinder und Stubenmädchen, die euch frühmorgens aus den Federn reißen. Ihr diniert im Café de Paris neben Mademoiselle Xaverine de Choisy und verlaßt das Restaurant zur selben Zeit wie sie, ein wenig angeheitert, mit überreizten Nerven... Nur schläft Mlle de Choisy zu Hause so lange sie Lust hat, liebt, wenn ihr der Sinn danach steht, und schnauzt vor dem Zubettgehen ihre treue Kammerzofe an: »Ich will jetzt meine Ruhe haben, verstanden? Wer mich vor zwei Uhr Mittag weckt, den laß ich verhaften!« Und nachdem sie neun Stunden dem Schlaf des Gerechten gefrönt hat, erwacht Mlle de Choisy frisch und munter, frühstückt und eilt dann in die Rue de la Paix, wo sie dir, Valentine, begegnet, dir und allen anderen Valentines, die wie du seit halb neun Uhr morgens auf den Beinen und dementsprechend unausgeschlafen, blaß und hohläugig sind... Und in aller Unschuld flüstert Mlle de Choisy ihrer Schneiderin vertraulich ins Ohr: »Haben Sie gesehen, wie sie aussieht, diese Madame Valentine Dingsda? Na, die muß ja eine rauschende Liebesnacht hinter sich haben!« Und ganz genauso werden beim nächsten Abendessen auch dein Mann und dein Liebhaber Mlle de Choisys ausgeruhte Frische mit deiner offenkundigen Übermüdung vergleichen. Dann wirst du neidvoll und unüberlegt denken: ‚Sie müssen aus Stahl sein, diese Weibsbilder!‘ Aber das ist ein Irrtum, meine Liebe! Sie schonen sich nur mehr als du: Welche Lebedame wäre dem täglichen Trott mancher Frauen oder gar Mütter der besseren Gesellschaft denn wohl gewachsen?...

Meine Freundin hat den Tee aufgegossen und füllt mit geschickter Hand die Tassen. Ich bewundere ihre etwas gekünstelte Eleganz, ihre beherrschten Gesten; ich weiß es zu schätzen, daß sie sich lautlos bewegt, während der lange Rock gleich einer gehorsamen, seidig schimmernden Woge ihren Schritten vorauseilt und folgt... Ich weiß es zu schätzen, daß sie sich mir anvertraut und mich immer wieder besuchen kommt, auch wenn sie dadurch ihre gesicherte Stellung als Frau mit Ehemann und Liebhaber gefährdet, daß sie trotzdem immer wieder kommt, mit einem Starrsinn, der an Heroismus grenzt...

Beim Klappern der Löffel hat meine graue Katze eben ihre Schlangenaugen geöffnet.

Sie hat Hunger, erhebt sich aber nicht sofort, und zwar nur aus gezierter Scheinheiligkeit: soll sie etwa nach Art der wehleidigen, verwöhnten Angorakatzen einen Bettelgesang in moll anstimmen — pfui Teufel!... »Wie würde denn das aussehen?«, wie Valentine zu sagen pflegt... Ich halte ihr ein Stückchen geröstetes Weißbrot hin, das zwischen ihren kleinen, bläulich-weißen Quarzzähnen kracht, und ihr volltönendes Schnurren vereint sich mit dem Summen des Wasserkessels... Eine gedehnte Minute lang umhüllt uns eine schützende, gleichsam ländliche Stille. Mit herabhängenden Armen ruht meine Freundin sich aus...

»Es ist nichts zu hören«, wispert sie leise.

Ich antworte ihr nur mit den Augen, ohne zu sprechen, eingelullt durch Wärme und Trägheit. Wir fühlen uns wohl... Aber wäre diese Stunde nicht noch gemütlicher, wenn meine Freundin nicht da wäre? Sie wird reden, das ist unvermeidlich. »Wie sieht denn das aus?« wird sie sagen. Es ist nicht ihre Schuld, man hat sie dazu erzogen. Hätte sie Kinder, so würde sie ihnen verbieten, das Fleisch ohne Brot zu essen oder den Löffel in der linken Hand zu halten: »Jacques, ich bitte dich!... Wie sieht denn das aus?...«

Psst!... sie redet nicht. Ihre Lider zucken und ihre Augen scheinen das Bewußtsein zu verlieren... Ich habe das ungewohnte Bild einer schlaftrunkenen jungen Frau vor mir, die einschläft, noch ehe sie die Augen geschlossen hat. Das Lächeln verflüchtigt sich, die Unterlippe schiebt sich trotzig vor, und das kleine runde Kinn sinkt auf den silberbestickten Stehkragen herab...

Jetzt schläft sie tief und fest. Wenn sie plötzlich aufwacht, wird sie zu ihrer Entschuldigung ausrufen: »Als Gast in einem Sessel einzuschlafen! Mein Gott, wie sieht denn das aus?«

Meine liebe Valentine, du siehst aus wie eine arme, vergessene junge Frau, wie ein anmutiges Kleidungsstück, das jemand hier liegen gelassen hat. Schlaf nur ruhig zwischen dem Feuer und mir, beim Schnurren der Katze und dem leisen Rascheln des Buches, das ich jetzt lesen werde. Niemand wird uns stören, und niemand wird beim Anblick deines trotzigen Schlummers und meines zerwühlten Bettes entsetzt ausrufen: »Mein Gott, wie sieht denn das aus!«, denn sonst könntest du ja sterben vor Scham. Ich wache über dich mit lauem, freundschaftlichem Mitleid; ich wache über deine ständige sittsame Besorgnis, *wie denn das aussehen würde*...

Die Genesung

Die graue Katze ist begeistert, daß ich wieder spiele. Ob am Theater oder im Variété, scheint ihr gleichgültig zu sein. Wichtig ist nur, daß ich allabendlich nach einem raschen Imbiß verschwinde, um erst gegen halb ein Uhr nachts wieder aufzutauchen und dann sogleich gebratene Hühnerkeulen und rosigen Schinken für uns beide aufzutischen... Drei anstelle von zwei Mahlzeiten täglich! Sie kann nach Mitternacht ihre Freude kaum noch zurückhalten. Auf dem Tischtuch sitzend verzieht sie die Mundwinkel zu einem unverschämt strahlenden Lächeln, und der Blick ihrer weitgeöffneten, von glitzernden Pünktchen durchsetzen Augen ruht vertrauensvoll auf mir. Den ganzen Abend hat sie nur darauf gewartet, und nun genießt sie diese kostbare Stunde mit einer siegesbewußten, egoistischen Wollust, die ich ihr nur zu gut nachfühlen kann...

Oh, Katze im Aschengewand! Für Uneingeweihte gleichst du allen anderen grauen Katzen dieser Erde — faul, abwesend, muffig, ein bißchen zu dick, ungerührt, gelangweilt... Ich aber kenne dich anders — ungestüm, zärtlich, launisch, eifersüchtig bis zur Futterverweigerung, geschwätzig, von paradoxer Ungeschicklichkeit, und gelegentlich so brutal wie eine junge Dogge...

Nun ist der Juni da. Schluß mit unseren Soupers in trauter Zweisamkeit! ... Trauerst du ihr nach, der stillen Stunde, wenn ich heißhungrig und mehr oder weniger erschöpft, mit den Fingerspitzen deinen flachen Raubtierschädel kraulte, während mir vage der Gedanke durch den Kopf ging: ‚Ob die heutige Vorstellung gut war...?' Nun sind wir also wieder allein, sind häuslich und ungesellig geworden, uns kümmert fast nichts mehr, und fast niemand kümmert sich mehr um uns... Wir werden unsere Freundin Valentine wiedersehen, unsere »standesgemäße Bekanntschaft«, und sie erzählen hören über eine merkwürdige, dicht bevölkerte Welt, die uns beiden so gut wie unbekannt und voll von Hinterhalten, Pflichten und Verboten ist, eine höchst bedrohliche Welt, wenn man ihren Worten glauben darf, aber so weit von mir entfernt, daß ich sie mir nicht einmal recht vorstellen kann...

Während der Zeit, in der ich abends im Theater oder im Varieté auftrete, zieht sich meine Freundin Valentine diskret, verschämt, entrüstet von mir zurück. Das ist ihre Art, meinen Lebensstil zu verurteilen. Ich kränke mich nicht darüber. Ich sage mir, daß sie schließlich einen Ehemann im Automobilgeschäft hat, einen Modemaler als Liebhaber, ihren Salon, einmal in der Woche ihre Teerunden und zweimal im Monat ein großes Abendessen. Sie werden sich wohl kaum vorstellen können, daß ich bei einer von Valentines Abendgesellschaften als »die Fleischeslust« oder als »der Faun« auftrete, oder vor ihren Gästen als »blaue Schlange« tanze, nicht wahr?... Ich zeige Einsicht. Ich warte. Ich weiß, daß meine Freundin früher oder später freundlich und ein bißchen verlegen zu mir zurückkehren wird.

Mehr oder minder hängt sie ja doch an mir und beweist mir das auch — Grund genug, daß ich mich ihr verpflichtet fühle...

Da ist sie. Ich habe sie schon an ihrem kurzen, entschiedenen Klingelzeichen erkannt, dem Klingelzeichen der vertrauten Freundin...

»Na endlich, Valentine! Es ist ja schon so lange her...«

Irgend etwas in ihrem Blick, ihrer ganzen Haltung macht mich stutzig. Dabei könnte ich eigentlich nicht genau sagen, was sich an meiner Freundin verändert hat. Ob sie schlecht aussieht? Nein, unter der gleichmäßigen Pudersamtschicht und dem Rougehauch auf den Wangen kann sie überhaupt nicht schlecht aussehen. Sie tritt immer noch wie ein elegantes Mannequin auf, mit schlanker Taille und schmalen Hüften in ihrem engen, honigfarbenen Rock. Ihre blau-grau-grün-braunen Augen leuchten hell aus dem doppelten Fransenbesatz der schwarz gefärbten Wimpern hervor, und auf ihrem Kopf türmt sich ein Schwall, ein Schwall prachtvoller schwedenblonder Haare... Was ist los? Hat all das plötzlich an Glanz verloren, oder ist es etwas ungewohnt Starres in ihrem Blick, eine, wenn ich so sagen darf, moralische Blässe, die mich aus der Fassung bringt und mir die abgedroschenen Begrüßungsphrasen nicht über die Lippen kommen läßt....? Doch schon nimmt sie Platz, gekonnt ihren langen Rock raffend, streicht mit einer geübten Handbewegung den Kragen ihrer Bluse glatt und redet, redet, bis ich ihr ohne jede Diplomatie ins Wort falle:

»Valentine, was ist los mit dir?«

Ohne sich zu wundern, antwortet sie mir darauf einfach:

»Nichts. Nein wirklich, beinahe nichts. Er hat mich verlassen.«

»Wie bitte? Henri... dein Geliebter hat dich verlassen?«

»Ja«, sagt sie. »Heute sind es genau drei Wochen her.«

Die Stimme klingt so sanft, so kühl, daß ich mich wieder beruhige:

»Du Arme! Hat es... hat es... sehr weh getan?«

»Nein«, sagt sie mit unverändert sanfter Stimme, »es *hat* nicht weh getan, es *tut* weh.«

Ihre Augen werden auf einmal groß, sehr groß, und mit bohrendem Blick sieht sie mir fragend ins Gesicht:

»Ja, es tut weh! Oh ja, es tut weh... Glaubst du, wird das lange dauern? Werde ich noch lange leiden müssen? Weißt du nicht irgendein Mittel... Ich kann mich nicht damit abfinden... Was soll ich nur tun?«

Armes Kind!... Sie wundert sich, daß sie leidet, sie, die immer dachte, dazu gar nicht fähig zu sein...

»Dein Mann, Valentine,... hat er nichts davon gewußt?«

»Nein«, sagt sie ungeduldig, »er hat nichts davon gewußt. Aber darum geht es doch gar nicht. Was soll ich machen? Kannst du mir nicht irgendeinen Rat geben? Seit vierzehn Tagen überlege ich hin und her, was ich tun könnte...«

»Liebst du ihn denn noch?«

Sie zögert.

»Ich weiß nicht... Ich bin schrecklich böse auf ihn, weil er mich nicht mehr liebt und mich verlassen hat... Ich weiß nicht. Ich weiß nur, daß mir das unerträglich ist, dieses Alleinsein, diese Trennung von allem, was ich liebte, dieses...«

Bei dem Wort »unerträglich« ist sie aufgesprungen und geht jetzt im Zimmer auf und ab, so als zwinge sie eine brennende Wunde, an einen kühlen Ort zu fliehen...

»Du verstehst mich offenbar nicht. Ja, du — du weißt eben nicht, wie das ist...«

Ich senke die Augen und unterdrücke ein mitleidiges Lächeln über ihren naiven Stolz darauf, zu leiden, mehr und intensiver zu leiden als alle anderen Menschen...

»Reg dich doch nicht so auf, mein Kind. Bleib stehen, setz dich hin... Möchtest du nicht deinen Hut ablegen und dich in aller Ruhe ausweinen?«

Aufgebracht wirft sie den Kopf zurück, so daß alle die rauchfarbenen Federn auf ihrem Kopf zu tanzen beginnen.

»Nein! Ich werde mir ganz bestimmt nicht das Vergnügen gönnen, zu weinen. Danke! Nur, um mein Gesicht ganz zu verunstalten? Was sollte mir das nützen, frage ich dich? Nein, ich habe nicht die geringste Lust zu weinen, meine Liebe. Ich ärgere mich nur, das ist alles...«

Sie setzt sich wieder, knallt ihren Sonnenschirm auf den Tisch. Ihrem kleinen, hart gewordenen Gesicht kann man in diesem Augenblick echte Schönheit nicht absprechen. Ich versuche mir vorzustellen, daß sie sich seit drei Wochen schminkt wie gewohnt, mit größter Sorgfalt ihr zerbrechliches Haarkunstwerk aufsteckt... Seit drei Wochen — einundzwanzig Tagen! — wehrt sie sich gegen die verräterischen Tränen, schwärzt mit sicherer Hand ihre blonden Wimpern, geht aus, empfängt Gäste, plaudert, ißt... Heroisch wie ein Puppe, aber dennoch heroisch...

Vielleicht sollte ich mit weit ausgebreiteten Armen auf sie zugehen, sie schwesterlich an mein Herz drücken, sie ganz einhüllen und in meiner glühenden Umarmung dieses versteinerte, widerspenstige, sich gegen seinen eigenen Schmerz zornig auflehnende kleine Wesen zum Schmelzen bringen... Sie würde sich in Tränen auflösen, und ihre armen Nerven, die drei Wochen lang nicht nachgeben durften, könnten sich endlich entspannen... Doch ich wage es nicht. Wir sind nicht eng genug befreundet, Valentine und ich, und auch ihr plötzliches Geständnis kann die zweimonatige Trennung nicht wettmachen...

Ja, wozu sollte es überhaupt gut sein, durch Ammenzärtlichkeiten diese stolze Kraft zu beugen, die meine Freundin aufrecht hält? »Erlösende Tränen«... Ja, ja, dieses Klischee kenne ich! Ich kenne aber auch die Gefahr einsam vergossener Tränen, die unaufhaltsam weiterfließen: Man muß darüber weinen, daß man geweint hat, bricht neuerlich in Tränen aus und weint weiter, bis man, von krampfhaftem Schluchzen geschüttelt, beinahe erstickt, bis man wie ein Betrunkener in einen todähnlichen Schlaf sinkt, aus dem man mit verschwollenem Gesicht, gerädert und verwirrt erwacht, schamerfüllt und noch trauriger als zuvor... Keine Tränen, nur keine Tränen! Ich würde am liebsten applaudieren, meine Freundin beglückwünschen, die da kerzengerade vor mir sitzt, mit weit offenen, tränenlosen Augen unter einer Krone aus Federn und Haaren, so steif und graziös wie die jungen Frauen, die zu enge Korsette tragen...

»Du hast recht, Liebste«, sage ich endlich.

Ich gebe mir Mühe, völlig teilnahmslos zu sprechen, so als würde ich ihr zur Wahl ihres Hutes gratulieren...

»Es gibt keine Hoffnung«, sagt sie ebenso eiskalt wie ich.

»Sicher nicht?... Dann mußt du warten...«

»Warten? Worauf warten?«

Wie sie plötzlich erwacht, welch unsinnige Hoffnung in ihr aufflackert! Ich schüttle den Kopf:

»Auf die Genesung, auf das Abklingen der Liebe. Dein Schmerz ist groß, aber es wird noch schlimmer werden. Vielleicht in einem, vielleicht in drei Monaten, vielleicht noch später wird der Moment kommen, in dem du beginnst, mit Unterbrechungen zu leiden. Es werden Atempausen eintreten, Augenblicke animalischen Vergessens, deren Ursache man nicht kennt — sei es, daß man gut geschlafen hat, oder daß man sich ein wenig krank fühlt... Ach, mein Kind, wie furchtbar, wenn der Schmerz dann von neuem einsetzt! Plötzlich ergreift er dich wieder, ohne Vorwarnung und ohne Schonung... In irgendeinem harmlos-unbeschwerten Augenblick, einem Moment süßer Vergessenheit, während du eben die Hand hebst oder hellauf lachst, ist sie auf einmal da, die niederschmetternde Erinnerung an deinen furchtbaren Verlust, die dein Lachen erstickt oder die Hand, die gerade die Teetasse zum Mund führen wollte, lähmt — und starr vor Entsetzen sehnst du nur noch den Tod herbei, felsenfest überzeugt, daß ein solcher Schmerz töten muß... Aber du wirst nicht sterben — auch du nicht. Irgendwann werden wieder unvorhersehbare, vorübergehende Atempausen eintreten... Das wird... wird alles wirklich schrecklich sein... Aber...«

»Aber?«

Schon etwas weniger mißtrauisch, weniger feindselig hört meine Freundin mir zu.

»Aber es kommt noch schlimmer!«

Ich habe meinen Tonfall nicht streng genug kontrolliert... Als meine Freundin zusammenzuckt, senke ich die Stimme:

»Es kommt noch schlimmer. Es kommt der Moment, in dem du kaum noch Schmerz empfindest. Ja! Unmittelbar vor der Genesung wirst du dich fühlen wie die arme Seele im Fegefeuer, die suchend umherirrt, aber nicht weiß, sich nicht eingestehen will, was sie sucht... Während dieser Phase sind die Schmerzrückfälle harmlos, die Atempausen dazwischen dafür merkwürdigerweise um so entsetzlicher, von einer schalen, schwindelerregenden Leere, die einem das Herz umstülpt... Das ist jene idiotische Phase, in der man völlig aus dem Gleichgewicht gerät... Ein blutleeres, verdorrtes Herz fühlt man in seiner Brust, aus der hin und wieder noch

Seufzer dringen, die nicht einmal traurig sind. Man verläßt das Haus ohne Grund, irrt ziellos umher, rastet, ohne müde zu sein... Mit stumpfsinniger Unersättlichkeit versucht man den eben überwundenen Schmerz wieder aufzuwühlen, doch es gelingt einem nicht, auch nur einen Tropfen frischen, lebendigen Blutes herauszupressen; die Narbe, auf die man sich so blutrünstig stürzt, ist fast verheilt, und man sehnt sich zurück — ich schwöre dir, man sehnt sich zurück! — nach der schmerzenden, brennenden Wunde... Das ist die trostlose Phase der Verwirrung, die noch verschärft wird durch Gewissensbisse... Gewissensbisse, jawohl! Gewissensbisse, weil man seine herrliche, leidenschaftliche, schauerliche, überwältigende Verzweiflung verloren hat... Man fühlt sich minderwertig, ausgelaugt, nichtswürdiger als die niedrigsten Kreaturen... Auch du, ja, auch du wirst dir vorwerfen: ‚So wenig war ich, so wenig bin ich also wert? Nicht einmal so viel wie das verliebte Laufmädchen, das sich in die Seine stürzt?' Oh, Valentine! Du wirst heimlich erröten vor Scham über dich selbst, bis...«

»Bis?«

Mein Gott, wie hoffnungsvoll sie mich anblickt! Nie wieder werde ich sie so sehen, mit so schönen bernsteingelben Augen, so angstvoll geweiteten Pupillen, so furchtsam zitternden Lippen...

»Bis zur Genesung, meine Liebe, bis zur endgültigen Genesung. Auf geheimnisvolle Weise tritt sie plötzlich ein, man merkt es gar nicht sofort. Aber es ist wie eine Entschädigung für alle erlittenen Qualen... Glaube mir! Niemand weiß, wann, aber eines

Tages ist es so weit. An einem milden Frühlingsabend oder an einem verregneten Herbstmorgen, vielleicht auch in einer mondhellen Nacht wirst du plötzlich fühlen, wie etwas Unsagbares, Lebendiges dein Herz erfüllt und sich wollüstig darin ausbreitet — eine Glücksschlange, die sich streckt, eine samtige Raupe, die sich entrollt —, eine wohltuende Entspannung, ein seidenweicher Riß, wie wenn die Knospe einer Irisblüte sich entfaltet... Ohne zu wissen, warum, wirst du in diesem Augenblick die Hände hinter dem Kopf verschränken, ein unergründliches Lächeln auf den Lippen... Mit neugewonnener Naivität wirst du staunend entdecken, wie rosig das Morgenlicht durch die Vorhänge schimmert, wie weich der Teppich unter deinen nackten Füßen ist, und der Duft von Blumen und reifen Früchten wird nicht mehr bedrückend, sondern berauschend auf dich wirken... Du wirst ein Glücksgefühl empfinden, das frei ist von aller Begehrlichkeit, zerbrechlich, ein bißchen beschämend, selbstgenügsam und eigensüchtig...«

Meine Freundin ergreift meine Hände:

»Weiter! Weiter! Sag mir, was weiter geschieht!«

Mein Gott, was erhofft sie sich denn noch? Habe ich ihr nicht genug versprochen, indem ich ihr Genesung verhieß? Lächelnd streichle ich ihre heißen kleinen Hände.

»Was weiter geschieht? Das ist alles, mein Kind. Was wünscht du dir denn noch?«

»Was ich mir wünsche? Liebe, natürlich! Liebe!«

Meine Hände lassen die ihren los:

»Ach so!... Eine neue Liebe... Du wünschst dir also eine *neue* Liebe...«

Tatsächlich, daran hatte ich nicht gedacht... Ich betrachte sie ganz aus der Nähe: ihr hübsches, angstverzerrtes kleines Gesicht, ihren grazilen, gepflegten, modisch verhüllten Körper, die starrsinnige und belanglose kleine Stirn... Jetzt schon sehnt sie sich nach einer neuen Liebe, mag diese nun glücklicher, unglücklicher oder genauso sein wie jene, die ihr eben erst genommen worden ist... Ohne Ironie, aber auch ohne Mitleid beruhige ich sie:

»Ja, mein Kind, ja. Du wirst auch eine neue Liebe finden, du ganz gewiß... Das verspreche ich dir.«

An eine junge Frau

I

Du warst heute abend sehr lieb, junge Freundin. Das Abendessen, das du für uns beide vorbereitet hattest, hat nur mir geschmeckt: das tut mir leid. Warum hast du nichts genommen von der heißen Wurst, die weich auf ihrem Puree-Bett lag, wo der bis zur Unkenntlichkeit zerkochte Kohl den zerdrückten Kartoffeln sein Aroma verlieh? Auch die Suppe war gar nicht so ohne, glaube mir. Doch während ich mich an meiner »Sergeant Casse-Pfanne« delektierte, warst du nur an deinem Aperitif interessiert, der die gleiche durchscheinende Farbe hatte wie die Armbänder aus rosa Glas, die an deinen Handgelenken klimperten.

Du hast die Wurst verschmäht, den Spargel dagegen zu schätzen gewußt. Und du hast sehr trockenen Champagner getrunken, während in meinem Glas ein Richebourg perlte, dessen Jahrgang — 1893 — dir nichts sagte, mir jedoch das Herz so hoch schlagen ließ wie einem Sammler, der auf dem Flohmarkt einen Tiepolo entdeckt.

Ein Aperitif, ein kleines Schollenfilet, Spargel, Champagner — und, fast hätte ich es vergessen, völlig ungenießbare Kirschen »à l'Américaine«, sprich: auf gehacktem Eis serviert —, das war dein ganzes Abendessen. Der frische blau-weiße Roquefort konnte dich nicht verlocken, und ich habe dir deine für Alkoholiker so typische Appetitlosigkeit vorgeworfen. Du hast nur gelacht und einen Lobgesang auf jene geruhsamen Mahlzeiten »ohne Männer und ohne Fleisch« angestimmt, bei denen du dich von Radieschen, Zigaretten und im Glashaus gereiften Erdbeeren ernährst. Nun, ganz wie es dir beliebt. Auch ich habe nichts dagegen, in trauter Zweisamkeit bei dir zu Hause zu essen, vorausgesetzt, du servierst mir meine Lieblingsgerichte: gefüllte Ente, Eier in Rotweinsauce oder eine Lammschulter, die so lange geschmort hat, daß sie sich, butterweich, in ihrem eigenen Saft auflöst. Einen ganzen Abend lang sitzen wir einander gegenüber, allein und ungestört. Sehr bald kehrt Stille ein in deiner Straße. Zwei- oder dreimal ruft dich das Telephon, und dein Mund neigt sich über den schattigen Kelch, als wolltest du einen aus weiter Ferne kommenden, gefährlichen Hauch daraus saugen. Du murmelst die Responsorien eines einseitigen liturgischen Kanons, und je weniger ich davon verstehe, um so besser gefällt er mir.

Du machst aus dem Telephonieren eine wunderbare Vorstellung, die für mich allein bestimmt ist. Ruft eine Freundin an, so schneidest du ihr das Wort ab, erteilst mit Adjutantenstimme Befehle bezüglich des Unterhaltungsprogramms der Woche. Kerzengerade stehend legst du die Lippen an den Hörer, als stießest du ins Horn. Ist der Anrufer jedoch ein Mann, so krümmt sich dein Rücken in plötzlicher Nachsicht, gleich einer schattenspendenden jungen Pappel neigst du dich über den Apparat und nimmst den Tonfall einer Frau an, die eben ihrem sehnlichsten Wunsch entsagt. Kaum ist das Gespräch beendet, teilst du mir — ohne daß ich dich irgendetwas gefragt hätte — mit: »Puh! Ein Gigolo!«

Hoheitsvoll legst du das unselige Instrument zurück auf die Gabel und kommst, eine Zigarette zwischen den Fingern, auf mich zu, während du dir mit der freien Hand über deinen frisch ausrasierten Nacken und die pomadisierten Schläfen streichst. Du trägst ein strassbesetztes Kleid aus hellila Voile, doch dank deiner Frisur, aus der sich nicht eine einzige Haarsträhne löst, deinem nahezu fleischlosen Hals und deinen das ganze Jahr über sonnengebräunten Armen siehst du trotzdem splitternackt aus. Ich betrachte dich wie eine jener neuartigen Veranstaltungen, bei denen auf bestimmten, den Snobs vorbehaltenen Bühnen die Mode des kommenden Jahres vorgestellt wird. Ich bin, was dich betrifft, nicht auf dem laufenden. Ich habe dich recht gern — schon aus Neugier. Auch du hast mich recht gern — nicht ohne eine gewisse Ironie. Wird meine Tochter dir einmal ähnlich sein? Wird auch sie sich in sechs oder sieben Jahren den Schönheitsregeln unterwerfen müssen, unter deren hartem Joch du lebst? Wird sie, aus Sorge um ihren Busen und ihre Hüften, auf Huhn mit Kastanienfülle und süße Nachspeisen verzichten, wird sie die heiße Schokolade gegen einen *Blues* und die belegten Brote gegen eine Massage eintauschen?

Nur selten begleite ich dich an jene unbestimmten Orte, die du mit einem noch unbestimmteren Wort umschreibst: »auswärts«. Auswärts, das bedeutet, irgendwann nach Mitternacht, einige Tische, ein seifig glattes Parkett... Ein Restaurant? Leider nein. Nur Flaschen gibt es hier. Wie viel ihr alle trinkt! Eure kleinen Köpfe mit dem glatt anliegenden Haar, eure geometrisch eckigen Arme, euer Lachen und eure Halsketten verleihen euch einen ungeheuer enthemmten, emanzipierten Anstrich, doch trotzdem vergißt selbst die hemmungsloseste von euch niemals, daß sie wohl trinken, nicht aber essen darf. In euch gezügelten Bacchantinnen steckt ein ängstlicher Gehorsam, der der dunkle Kern eurer Lust ist. Seltsame Verlagerung der Skrupel! Euer Wohlbefinden, eure Selbstsicherheit hängen nun davon ab, daß ihr schlank bleibt — oder schlank werdet! Wie eure Haut aussieht, das kümmert euch wenig, Hauptsache, sie spannt sich nicht über irgendwelche Wölbungen. »Wie fürchterlich«, riefst du vorhin aus, »einen abstehenden Hintern zu haben!« Ja, was soll er denn sonst tun, dieser arme, mißliebige Körperteil? Ich entnehme deinem Aufschrei daher nur, daß dich unziemliche Exzesse, etwa krankhaftes Riesenwachstum empören, und statt die Achseln zu zucken, lächle ich dir, ohne daß du es merkst, zärtlich zu. Ihr hübschen kleinen Bürgermädchen aus Paris und anderswo, ihr Töchter eurer Mütter und Großmütter, die ihr flach wie die Flundern und halbnackt herumlauft, blauen Rauch aus den Nüstern blast und ungeniert die ordinärsten Ausdrücke in den geschminkten Mund nehmt, irgendwo habt ihr euch also doch einen Rest von Scham bewahrt? Sie läßt sich also doch nicht gänzlich ausrotten, diese Sorge um den guten Ruf, die eure Vorfahrinnen euch vererbt haben! Eure neuerworbenen Freiheiten haben sie zwar erschüttert, aber sie ist verdammt zählebig und schlägt ausgerechnet dort wieder durch, wo man es am wenigsten erwartet! Dein pikierter, entrüsteter Tonfall glich aufs Haar dem meiner Mutter, wenn sie, als ich ein junges Mädchen war, zu mir sagte: »Du sollst die Beine nicht übereinanderschlagen, so daß man deine Waden sieht, mein Kind. Das gehört sich nicht.« Du, meine Freundin, zeigst freizügig deine Schenkel und deinen Rücken bis dorthin, wo man ihn nicht mehr als Rücken bezeichnet. Aber du weißt sehr wohl, was sich gehört und was nicht. Deine Freundin Laura raucht in aller Öffentlichkeit dicke Zigarren, aber schamhaft verhüllt sie einen stattlichen Busen, der sich dieses Jahr »nicht gehört«. Du wiederum läßt dich von Gigolos begleiten — (die Gigolo-Mode wird die ganze Badesaison in Deauville beherrschen und mit größter Sicherheit auch noch die Saison in Biarritz und die Weihnachtsferien überdauern), aber nur dann, wenn du dich in einer größeren Gesellschaft befindest, und keiner dieser Gigolos kann sich rühmen, jemals an dem Tisch gesessen zu haben, an dem du mit deinem Mann frühstückst. Mach mir nichts vor, ich kenne dich doch! Es ist gleich Mitternacht, dein Mann ist noch nicht nach Hause gekommen, und deine Blicke beginnen ruhelos zwischen der Standuhr und der Haustür hin und her zu wandern. Sollte deine Freude am Alleinsein schon wieder verraucht sein? Ich gehe jetzt. Außerdem wird es Zeit, daß du zu Bett gehst, deinen Pyjama über den Kopf ziehst — und dann kurz darauf die Nerven verlierst und wie eine gefangene Raubkatze auf und ab zu laufen beginnst. Ich gehe jetzt, denn ich fürchte, ich könnte mir das Lachen nicht verbeißen beim Anblick des dunkelhaarigen Jünglings, in den du dich gleich verwandeln wirst, dieses nervösen, komischen, unechten Jünglings, der in einen zerknüllten, als Taschentuch bezeichneten Stoffetzen beißt, seine angerauchten Zigaretten eine nach der anderen ausdrückt und stammelnd fragt: »Wo ist er? Wo kann er nur sein?« Ich gehe, weil ich fürchte, ich könnte dir taktlos darauf antworten: »Ach, junger Mann, vielleicht bei einer Frau...?«

II

Dein Mann, junge Frau, ist zu Recht stolz auf dich. Er trägt, wenn ihr gemeinsam ausgeht, die hochmütige Miene und die gespielte Gleichgültigkeit eines Kavaliers zur Schau, der ein preisgekröntes Pferd reitet und vorgibt, nicht zu bemerken, daß sein edles Reittier alle Blicke auf sich zieht. Nicht anders verhält sich der Mann, an den du dich auf unbefristete Zeit gebunden hast. Mit einem Blick begutachtet er dich, ehe Stoff und Pelz dich verhüllen, und dieser durchdringende, forschende, unverhohlene Zuhälterblick ist dir keineswegs unangenehm.

Er weiß, daß du makellos bist, von deinem ausrasierten Nacken bis hinab zu den Fesseln. Ob du über den Gehsteigrand stolperst und der Länge nach hinfällst, mitten auf der Straße ohnmächtig wirst, ins Wasser springst oder Unterwäsche probierst, er hat nichts zu befürchten: du kannst alles herzeigen. Wenn du dich caritativen Aufgaben widmetest oder den Krebserreger entdeckt hättest, so würde er natürlich in den schmeichelhaftesten Tönen von dir sprechen. Zum Glück aber befriedigst du in ihm einen viel höheren Ehrgeiz: du bist schön. Er spricht nie — oder jedenfalls fast nie — von dir, er stellt dich zur Schau. Dein Mann ist der letzte, der über dein Décolleté die Brauen runzeln würde! Wenn die Mode geschlitzte Röcke verlangt, so wird er deinen ersten geschlitzten Rock mit dem kalten, distanzierten Lächeln eines abenteuerhungrigen Piloten begrüßen: er ist sich deiner vollendeten Fesseln und Schenkel sicher, du dem heutigen Schönheitsideal so perfekt entsprechende Knabenfrau!

Du fährst zum Baden nach Deauville und er begleitet dich nicht einmal mehr dorthin. Kein Mensch wird gegen deinen flachen, kräftigen Rücken und deine knabenhafte Vorderansicht irgendetwas einzuwenden haben. Um deinen Ruf braucht dein Mann sich nicht mehr zu sorgen: was deinen Körperbau betrifft, stehst du in so hohem gesellschaftlichem Ansehen, daß dein glücklicher Besitzer sich aller Sorgen enthoben fühlen darf.

Fassen wir zusammen: Ganz Paris kennt deinen Busen, deine Arme, deine von hautfarbenen Strümpfen überzogenen Beine. Die Strandbesucher betrachten deine Taille, deine Schenkel, das Grübchen deines Nabels unter dem nassen Schwimmanzug und dein, übrigens so wenig auffälliges Hinterteil. Die noch glücklicher zu schätzenden Besitzer irgendeines Landhauses in der Sologne oder eines baskischen Schlosses und deren Gäste überraschen dich morgens in einem hautengen chinesischen Pyjama, in einem federleichten Négligé. Jede Stelle deines Körpers war bereits — in aller Ehrenhaftigkeit und zur allgemeinen Bewunderung — dem Licht der Sonne oder dem der Luster ausgesetzt, aber... aber niemand hat jemals deine Füße gesehen. Du ertrinkst in Schuhen. Wenn du morgens aufstehst, schlüpfst du aus dem Bett heraus direkt in die Pantoffel. Und abends mit einem einzigen Satz aus den Pantoffeln wieder ins Bett. Wenn dein Mann an die Badezimmertür klopft, schreist du: »Nein, warte einen Augenblick!« und läufst dir splitternackt, nicht etwa deinen Bademantel, sondern deine Bastschuhe holen. Beim Schneider beweist du die Unschuld einer Waldnymphe, wenn du vor den Augen des Zuschneiders und der Näherin in einem Hemdchen auftrittst, mit dem man nicht einmal eine kleine Schnittwunde verbinden könnte. Doch die Anproben bei deinem Maßschuster und die Verabredungen mit deinem chinesischen Pedikürespezialisten sind von einer düsteren Aura des Geheimnisses umgeben. Du fragst mich oft: »Kommst du mit zu Lecourt? Ich brauche ein neues Kleidchen...« Warum schlägst du mir niemals vor, dich zu deinem Schuhmacher zu begleiten, und weshalb läßt du mich in deinem Ankleidezimmer warten, wenn in der Tür die Gestalt deines schweigsamen gelbhäutigen Pedikürespezialisten auftaucht?

Nur deshalb, weil — der Teufel soll sie holen, wenn nicht ein Wunder sie verwandelt! — weil du Füße hast. Schlicht und einfach Füße, die Füße einer Frau von heute. Die gleichen Füße wie achtzig Prozent aller übrigen Frauen. Muß ich noch mehr sagen, um deutlich zu machen, daß die Zehen dieser Füße deformiert, verkrümmt, voller Beulen und Hühneraugen sind, mit rissigen, verbogenen, ins Fleisch eingewachsenen Nägeln?...

Arme, arme Füße! Stumme Märtyrer, Opfer des Goldkäferleders, der Eidechsenhaut, der Blasen hervorrufenden Lackschuhe, der Seide, die sich schon bei der geringsten Reibung erhitzt, der mit Strass besetzten Schnallen, der wie ein Schiffsbug zugespitzten Kappen, der Louis-XV-Absätze!...

Wie kommt es, daß die letzten Spuren von Barbarei im Rahmen der weiblichen Schönheitspflege an euch, den Füßen, haften blieben? Du, meine Freundin, achtest als elegante junge Frau auf deine Gesundheit, pflegst deine Haut, deine Zähne, dein kurzes, seidiges Haar. Deinen zarten Händen mit den rotlackierten Fingernägeln gönnst du die Annehmlichkeit bequemer Handschuhe. Deine edlen, leicht gewölbten Füße aber, die Brüder deiner schönen Hände, hast du von Kindheit an, beinahe haßerfüllt, gemartert. Du hast sie behandelt wie schwachsinnige, verkrüppelte Kinder, die man unter Samt und Spitzen versteckt. Während du deinen Händen immer viel Zeit und Sorgfalt gewidmet hast, wolltest du deine Füße — der Ausdruck stammt von dir — durch zweiminütiges, rüdes Einseifen »erledigen«...

Dementsprechend steht es nun auch um euch, um dich und deine Füße. Sie sind deine ständige geheime Sorge. Wenn du sie in aller Stille betrachtest, rufen sie eine peinliche und eher lächerliche Erinnerung in dir wach. Du erinnerst dich an deinen Hochzeitstag, an dem du plötzlich in Tränen ausgebrochen bist. Überrascht, dich weinen zu sehen, hat deine Mutter dich mitleidig zu trösten versucht, doch du bist ihr barsch ins Wort gefallen: »Darum geht es ja gar nicht, es geht um meine Füße ... Was wird er zu meinen Füßen sagen?«

Ich wette, er hat überhaupt nichts gesagt. Und falls er sich etwas dazu gedacht haben sollte, hat niemand das je erfahren. Im Grunde ist es ihm nämlich ganz recht, insgeheim zu wissen, daß du nicht vollkommen bist. Dieses Wissen verschafft ihm das Vergnügen, dich im Geiste zu demütigen, und manchmal hegt er die naive Hoffnung, daß er dich weniger liebt, weil du häßliche Füße hast.

III

Nein, ich gehe heute abend nicht mehr aus, vielen Dank. Du hast mich diese Woche mit Anrufen überschüttet, junge Freundin. Dreimal hat deine knabenhafte Stimme mich in den letzten acht Tagen aufgefordert: »Komm doch auch mit, es ist schon eine lustige kleine Gesellschaft beisammen!« Oder, wenn du fühltest, daß ich müde und einsam war: »Komm doch, wir gehen ganz alleine irgendwo hin, das ist die beste Entspannung für dich«, und listig fügtest du hinzu: »außerdem liefert es dir Material für deine schriftstellerische Arbeit«, denn du beherrschst den Journalistenjargon. Dreimal habe ich mich breitschlagen lassen, aber jetzt reicht's. Ich halte dir nichts vor, nicht einmal dieses Jahrmarktsfest im trostlos leeren Stadtviertel Neuilly, das an dem Tag so ausgestorben war wie ein Strand, gepeitscht von Windböen und Regengüssen, zwischen denen triefnasse Sterne glitzerten. Ich habe nichts gegen die Zuckerstangen, die deinen Armbändern zum Verwechseln ähnlich sehen. Und der Glasbläser, der an der Spitze eines glühenden Stabes nutzlose Boote und blaue Vögel entstehen läßt, ist ein bezaubernder Demiurg. Das schönste seiner Werke ist jene unvergleichliche Kugel, die er bläst, um sie dann selbst mit der Faust zu zerschmettern, und die sich in glitzernden Rauhreif auflöst. Auf diese Weise sterben, wahrscheinlich, die Planeten...

Du gingst zwischen Lichtreflexen und Regenlachen, und ich bewunderte dich für deine unbeschwerte Fröhlichkeit. Du gingst, die Zuckerstange wie eine Zigarre zwischen den Lippen, an deinem Zeigefinger baumelte ein kleiner gelber Topf, deine Hände und deine Tasche quollen über von klebrigen Karamelbonbons, Porzellanfröschen und nackten Püppchen, die wie aus der Seine gezogene Neugeborene aussahen. Kurz vorher hattest du unter freiem Himmel abendgegessen, am Rande der Tramwayschienen, hattest getrunken, natürlich, aber fast nichts gegessen. Wie volkstümlich hast du doch gewirkt, als du zwischen zwei Wohnwagen den Wein, die Karamellen und die Zuckerstangen Mutter Erde wieder zurückerstattet hast! Dieser Anfall von Übelkeit hat dir, für den Augenblick jedenfalls, die Sympathie zweier Zigeunerfamilien eingetragen, die dir dafür prompt deine unverschämten Perlen und deine Ringe verziehen haben.

Die Ehre — wenn ich das so nennen darf —, die du dem Jahrmarkt von Neuilly erwiesen hast, hat dich als ein den alten Bräuchen treu gebliebenes Kind von Paris ausgewiesen, und du bist, um einiges erleichtert, zu uns zurückgekehrt, während deine neuen Freunde dir nachriefen: »Ja, ja, der hat's in sich, der Wein! Wo er reingeflossen ist, dort findet er auch wieder raus!«

Dein Mann, der für Zuckerstangen nichts übrig hat, schützte Langeweile vor. In Wirklichkeit aber frönte er alle fünfzig Meter einer Leidenschaft, die er verschweigt: er massakrierte hohle Eier, Pfeifen, Gipstauben und vor allem Pappfiguren. Hast du nicht gesehen, wie er einem Schutzmann mit beweglichen Armen eine, zwei, zehn Kugeln in den Kopf jagte? Hast du nicht gesehen, mit welch grimmigem Vergnügen er die Zähne zusammenbiß und wie es in seinem zugekniffenen Auge aufblitzte?

Meine Liebe, ein Sprichwort sagt: »Gib einem Mann kein Gewehr, einem Kind keinen Stock und einer Frau keine Feder, alle drei werden sie damit nur Schaden anrichten.« Du hast dieses Sprichwort nicht gekannt? Dann bedanke dich bei mir, ich habe es aus gegebenem Anlaß gerade erfunden. Aber du dachtest sehr wohl an deinen Mann! Du warfst mit kleinen Pfeilen und hattest dabei ein Salzfaß im Auge, das schätzungsweise fünfzehn Sous wert war.

Zwanzig Francs hattest du schon dafür verspielt, und mit dem demütigen Blick einer notleidenden Kundin, die am Ladentisch steht und in Stoffresten wühlt, sahst du zu der Besitzerin der Wurfpfeilbude auf. Wie sympathisch und ungekünstelt du mir dabei plötzlich erschienen bist! Welch unverhohlene Gier in deiner Kundinnendemut lag, und wie gut die ganz in schwarze Seide gekleidete Dame mit der hohen Frisur dich verstand! Du gewannst einen Riegel Nougat — noch einen! —, einen kleinen Gipslöwen, einen Aschenbecher aus getriebenem Metall, aber nie, nicht einmal im Tauschweg, bekamst du das Salzfaß. Du gewannst eine wasserköpfige, an Elephantiasis leidende Puppe mit geschwollenen Zahnwehbacken, einem Kropf und Basedowaugen, nicht aber das Salzfaß. Die Dame im Seidenkleid weidete sich an deiner Verzweiflung; und das hast du gespürt, denn du batest sie nicht, dir das Salzfaß einfach zu *verkaufen*. Genau wie alle anderen suchtest du dir deine Puppe sehr sorgfältig aus, um dann später nochmals zu der unerbittlichen Dame zurückzugehen: »Ich möchte sie umtauschen, diese da hat kein Bändchen im Haar!« und die Dame gab dir, als ehrbare Geschäftsfrau, eine andere Puppe.

Währenddessen musizierte der Regen melodisch auf den Pfützen, trommelte auf deinem fünfundzwanzig Louisdor-Hut und deinen Schuhen; diese kostbaren Mosaike aus Eidechsenleder, Saffian und Email schützten dich nicht vor einer Verkühlung. Ach, was! Du sangst voll unbesiegbar guter Laune:

»Wenn du die Frauen liebst,
dann liebst du auch die Blumen...«

Ich folgte dir und versuchte vergeblich, mich von deiner etwas derben Fröhlichkeit anstecken zu lassen. Dieser laute, leere Jahrmarkt ohne Menschenmenge und ohne Statisten, der uns umgab, glich einem schwer deutbaren Traum. Sechs frierende weiße Hunde auf einer Bretterbühne. Ein knorriger Riese... Eine im Stehen schlafende Frau mit starren, weit geöffneten Augen und einem Gewehr in der Hand... Grauenvolle Zielscheiben in Menschengestalt, in Reih und Glied hinter den Projektilen stehend, von denen sie Tag und Nacht getötet werden... Ihre schwarzen Gesichter gleichen denen verkohlter Leichen... Ein wächserner Sträfling, der eine Glocke läutet... Kann eine solche Versammlung grausiger Zeichen, wie sie hier verlassen im Regen stehen, wirklich nur dem Zufall zu verdanken sein?

Ich fragte dich, eingeweihte junge Freundin, nach ihrer geheimen Sprache, ihrer unheilverkündenden Bedeutung, und du gabst mir zur Antwort: »Das ist doch alles nur Scherz!«

IV

Du siehst ja, wie sie es anstellen, junge Freundin. Merk dir die Vorgangsweise genau! Man nehme Schmuck im Wert von drei oder vier Millionen, lege ihn unter das Kopfkissen, und am nächsten Tag fahre man nach Amerika und lasse den Schmuck unter dem Kopfkissen liegen. Oder aber man lege sich eine Halskette, die fünf Millionen wert ist, um den vollendet schönen Hals, gehe abends aus, komme zurück und stoße am nächsten Morgen spitze Schreie aus, zwischen denen die Worte herauszuhören sind: »Haltet den Dieb!« und: »Ich kann mich beim besten Willen nicht mehr erinnern, ob ich die Halskette bei meiner Rückkehr ins Hotel noch hatte oder nicht...« Es gibt noch ein paar andere Rezepte, wie man Schmuck verliert, aber diese beiden sind die klassischen.

Du verfolgst diese etwas eintönigen Meldungen mit gespanntem Interesse. Beim Lesen runzelst du jedoch deine schwarzen Augenbrauen und betastest mit spitzen Fingern deine eigene Perlenkette; wahrscheinlich errötest du vor Scham, daß sie nur schön ist. Wenn jemand anderer sie bewundert, gibst du das selber zu: »Ja, sie ist recht hübsch... aber natürlich nichts Besonderes!« Du erniedrigst dich völlig grundlos. Und außerdem treibst du deinem Mann die Schamröte ins Gesicht. Dieser amerikanische Schmuck, diese Unmengen Platin, diese rosa und blauen Diamanten, diese Solitärbrillianten haben auf dich, du dumme Gans, dieselbe Wirkung wie Autogramme von Jackie Coogan auf unsere Kinder.

Wenn du im Restaurant sitzt, beäugst du mit finsterem Blick die Juwelen der Amerikanerinnen. Manchmal murmelst du: »Nein wirklich, so etwas gehört ja verboten!« Warum denn, mein Kind? Was ist denn dagegen einzuwenden, daß fern von hier geborene junge Frauen, die schön, aber aus einem gröberen, kaum bearbeiteten Holz geschnitzt sind, in klirrenden Juwelenpanzern auftreten? Du wirst mir, wie schon einmal, darauf antworten: »Es ist unmoralisch. Diese Zurschaustellungen verderben unsere Sitten.« Übertreib doch nicht! Gib lieber offen zu, daß du beim Anblick dieser mit Reichtümern behängten Hälse und Arme die Lippen zusammenkneifst — was deiner Schönheit sehr abträglich ist — und einen Anfall moralischer Gelbsucht erleidest.

Amerika beschert uns eine große Zahl schöner Frauen von ausgesuchtem Leichtsinn. Denn jedesmal, wenn wieder ein Vermögen in Banknoten oder Juwelen in einem Taxi, am Rand eines Waschbeckens oder unter einem Kopfkissen liegen geblieben ist, stellt man mit Erstaunen fest, daß die kopflose Besitzerin eine Amerikanerin ist, und unwillkürlich fragt man sich: »Sind sie wirklich alle so? Ist es bei ihnen die Regel, daß sie im Badezimmer, wenn sie von einem Ball nach Hause kommen oder wenn sie morgens zum Frühstück gehen, entdecken, daß sie wieder einmal einen kleinen Gegenstand im Wert von fünfzehntausend Francs verloren haben und schreiend die Polizei herbeirufen lassen?«

Das kann ich nicht glauben, junge Freundin. Ich neige eher zu der Ansicht, daß sie bei sich zu Hause auf sehr viel weniger großem Fuß leben, wenn ich das so sagen darf. Hier bei uns aber... Du kannst dir den Seelenzustand einer Amerikanerin, die hierher kommt, gar nicht vorstellen. Diese Freiheit, diese Einsamkeit — und Paris!

Das kleine, enge, unbequeme und altmodische Paris, diese ungepflegte, übelriechende Stadt mit ihren düsteren alten Häusern, die kalten Schluchten gleichen, Paris mit seiner Eßkultur und seinen Weinen, seinen trügerischen Nächten, seinen sentimentalen kleinen Schwindlern, seinen starrsinnigen Modeschöpfern, seinem Schienengürtel und seiner Krone aus zerbröckelndem Mauerwerk, in dessen Lücken sich schon Gräser und Sträucher eingenistet haben, seinem zusammengeschrumpften und besudelten, von unzüchtigen nackten Horden überschwemmten Wald, seinen schlammigen Seen und seinen großen Boulevards, auf denen alle hundert Meter Latrinen aufgestellt sind, oh wundervolles Paris...

Du, die du vor fünfundzwanzig Jahren hier, zwischen Saint-Augustin und Étoile, geboren wurdest, kannst das nicht verstehen. Du hast keine Ahnung, daß diese stolzesten Besetzer unserer Stadt, die in barschem Ton reden und laut kommandieren, die Zähne zusammenbeißen und vor Ergriffenheit zittern, wenn sie Paris betreten, zittern wie ein Kind, das ins Theater geführt wird, oder wie ein Jugendlicher, den die Liebe übermannt. Sie kommen, gut vorbereitet und entschlossen; man hat ihnen vor der Abreise die Leviten gelesen, und sie werden mit Trinkgeldern knausern: nicht aus Geiz, sondern aus Angst, ihr Gesicht zu verlieren. Durch ihre Stimmen und manchmal auch ihre Gesten schüchtern sie unsere arroganten Kellner und Verkäufer, unsere unterwürfigen, rachsüchtigen kleinen Frauen ein. Sie treten in Gruppen oder im Familienverband auf und verhalten sich solidarisch... *Voe soli!* Sie fürchten, als einzelne eine schwache Position zu haben: lies die Abenteuer der x-ten Amerikanerin, die in unserem Dschungel allein ausgesetzt wurde...

Sie verderben dich, sagst du, diese rotblonden Geschöpfe? Ach was, junge Freundin, du bleibst ihnen wahrlich nichts schuldig. Allein in der Fremde bricht die Amerikanerin, von Schwindel erfaßt, zusammen. Ihre weibliche Intuition trügt sie nicht: die Luft, die sie hier atmet, ist erfüllt von alten Giften und vibriert noch vom Stöhnen der geknechteten Frauen, die, vor einem Vierteljahrhundert noch, nicht ohne Hut ins Theater gingen, ihre Töchter nicht ohne Gouvernante zur Schule gehen ließen und einen von Reise- und Abenteuerlust erfaßten Sohn als »entartet« bezeichneten. Liebenswürdige Pest: die Ausländerin glaubt an unsere Verderbtheit. »Möge den Franzosen jede Sünde vergeben sein«, murmelt sie und gesteht damit ein, daß sie so ohnmächtig und unverantwortlich, als wäre sie auf einem fremden Planeten gelandet, französischen Boden betritt.

Vergib, junge Freundin, diesen Milliardärinnen, die in Paris von einem Fluch verfolgt sind, der ihre Perlenschnüre und ihre Edelsteinketten zerreißt. Denk daran, daß sie hier, trotz ihrer Eroberernasen und ihrem eigenwilligen Kinn, fast ungeschützt und vor Freude ganz wehrlos sind. Erinnere dich an jene arme junge Frau aus Amerika, die wir an einem Juniabend in einer Allee von Auteuil gesehen haben. Blond und hinreißend angezogen saß sie in einem offenen Taxi und plapperte in ihrer näselnden Muttersprache vor sich hin. Eine fröhliche Bande sehr junger Leute, ausnahmslos Franzosen, umringten sie mit einer skandalösen Ausgelassenheit, während der Taxilenker, ein gesetzter Mann, uns zwei friedliche Spaziergängerinnen zu Zeugen anrief: »Es ist wirklich ein Pech, daß sie nicht imstande ist, mir ihre Adresse zu sagen. Alles, was sie rauskriegt, ist: *wie Sie wollen!*«

Es war übrigens eine Szene durchaus harmloser Art, denn die jungen Leute waren weder bösartig noch betrunken, und die hübsche junge Amerikanerin schien, in einen seligen Traum verloren, einfach ins Blaue zu reden.

Erinnerst du dich noch: als er uns sah, empfand der Anführer der Bande — er war vielleicht sechzehn oder siebzehn — das Bedürfnis, sich zu rechtfertigen.

»Wir haben nichts Böses getan«, sagte er wie ein Schuljunge. »Wir kennen diese Dame gar nicht. Wir haben sie im Bois de Boulogne getroffen, und sie hat uns eingeladen, mit ihr was zu trinken. Sie war übrigens ordentlich durstig, das muß man schon sagen... Wir sprechen kein Wort englisch, und sie kein Wort französisch, aber sie hat sich scheinbar trotzdem sehr gut unterhalten. Jetzt müssen wir aber nach Hause gehen, und sie, sie weiß nicht einmal mehr ihre Adresse, verstehen Sie?...«

Die blonde Ausländerin in dem Taxi warf den Kopf zurück und sang näselnd ein kleines Lied zu dem von einem Staubhof umgebenen Großstadt-Mond hinauf, ein Lied der Dankbarkeit und der Zufriedenheit, und der sanfte, gutturale Klang ihrer schwankenden Stimme verriet, daß sie einen Liebestrank getrunken hatte, der nicht nur den Namen ihres Heimatlandes und ihres Geburtsortes aus ihrem Gedächtnis gelöscht hatte, sondern sogar den ihrer Pariser Wohnstätte, dieser engen Zelle, in der sie für kurze Zeit strahlend erblüht war, wie so viele andere Amerikanerinnen, wie alle diese schmuckbehangenen Amerikanerinnen, die dir, oh Paris, zum Opfer fallen...

V

Du weinst? Was hast du denn? Dein Mann... Ach ja, dein Mann. Na gut, ich höre dir zu. Warte nur, bis ich meinen Hut abgelegt und es mir in deinem besten Fauteuil bequem gemacht habe, denn langes aufmerksames Zuhören verträgt sich schlecht mit einem harten Stuhl an einer Tischkante. Es wird nicht viel Zeit in Anspruch nehmen? Nicht viel von deiner Zeit, vielleicht. Aber von meiner... Dein Bericht wird aufgebaut sein wie ein guter Roman: zuerst das aktuelle Problem, die Szene von heute morgen, ausführlich, in großen Zügen umrissen, ein guter, klarer Entwurf, ein bißchen trocken zwar, aber den realen Proportionen entsprechend. Dann folgt — aber blicken wir doch, wie Jules Mary schreibt, zehn Jahre zurück — die Vorgeschichte besagter Szene; dabei holst du nun weit aus, dein Bericht wird verzweigt wie ein Stammbaum, abschweifend, uferlos, gewunden und rückwärts gerichtet wie eine bedauernswerte, mitten im Flachland entsprungene

Quelle. »Schon seit drei Wochen — das heißt, nein, genaugenommen seit vierzehn Tagen — kommt Marcel mir irgendwie verändert vor...« Jetzt, junge Freundin, wäre es vielleicht gut, du würdest mir eine Tasse Tee bringen lassen. Desto besser werden dann meine Ratschläge sein.

Als nächstes wirst du mir deine — blitzartigen, telepathischen, »ans Wunderbare grenzenden«, irgendwie auch anachronistischen, auf jeden Fall unwiderlegbaren — Vorahnungen anvertrauen. Du hast vorausgeahnt, daß die Liebe deines Mannes mit der Zeit abkühlen würde, du bist ja so feinfühlig! Du hast es so und anders, in dieser und jener Weise vorausgeahnt... Dieses untrügliche, eisige Gefühl der Vereinsamung hast du ebenso empfunden wie diesen zornroten Verdacht — »ach, wenn ich nur daran denke!« Um mich zu überzeugen, wirst du aber nicht vergessen zu betonen, daß es sich dabei keineswegs um Einbildungen handelt — »Weißt du noch, damals, als Marcel mich noch nicht liebte, erinnere dich: habe ich da nicht im voraus gefühlt, daß das große Glück auf mich zukommt, das große Glück, von dem... Das war im Dezember neunzehnhunderteinundzwanzig...« Ich bitte dich, bestell mir zu meiner Tasse Tee noch eine Scheibe Toast mit Butter, sei so lieb, ja? Danke.

Diese Abschweifung wird dazu führen, daß du mir die Szene von heute morgen, diesmal aber in allen Einzelheiten, von Anfang bis Ende ein zweites Mal erzählst. Über die Wahl deiner Worte wirst du dir keine Gedanken machen. Du wirst, ohne daß dein hübscher Mund vor deren Roheit zurückschreckt, alle Schimpfworte wiederholen, die dein Mann dir an den Kopf geworfen hat. »Er, der sonst so wohlerzogen ist, hat leck mich am A... zu mir gesagt. Jawohl, leck mich am A... hat er zu mir gesagt! Wie ein Gassenjunge hat er gebrüllt: leck mich am A..., ich habe seine Stimme kaum wiedererkannt, wie er zu mir gesagt hat: leck mich am A...!« Wobei *er*, wohlgemerkt, es nur ein einziges Mal gesagt hat.

Unaufhaltsam wirst du der Schlußfolgerung zustreben. Mit diesem Mann weiterzuleben, diesem Mann, der dich betrügt, kommt natürlich gar nicht in Frage. Denn er betrügt dich. War sein Zorn nicht teilweise geheuchelt, absichtlich übertrieben, um ihm die Peinlichkeit einer Antwort zu ersparen? »Denn du mußt wissen, meine Liebe, jede noch so harmlose, jede noch so simple Frage versetzt ihn in einen Zustand...« Die Tatsache, daß er ohne Erklärung fortgeht, seine beleidigende Art, nach Hause zu kommen, eine Stunde zu spät, aber ohne sich die Mühe zu nehmen, wenigsten ein Alibi zu erfinden, dieser verstohlene Schritt, mit dem er auf die Tür zugeht — alles verrät ihn, alles!

Dein Schlußplädoyer wird großartig sein. Du wirst mich damit verblüffen, was du aus einem simplen »mir reicht's« noch alles herauszuholen verstehst. Erstens: die Scheidung. Von der hehren Höhe der ehrbarsten aller Scheidungen herab wirst du dein künftiges Leben überblicken, ein zwar bescheidenes, aber untadeliges Leben. Absolut untadelig und zurückgezogen. Als mahnendes Beispiel für diesen, diesen... Nicht einmal mehr seinen Vornamen bringst du über die Lippen. Dieses... dieses Individuum, das die Noblesse deiner Zurückgezogenheit gar nicht erkennen wird — »Er? Ach Gott, ihm ist es doch völlig einerlei, ob ich allein lebe oder mich wegwerfe und ein Verhältnis mit einem anderen Mann beginne, was macht ihm das schon aus, mein Gott — und ich weiß nicht, was mich zurückhält...«

Aha, das ist eine Nebenbemerkung, die ich nicht vorhergesehen hatte, und gerade noch rechtzeitig wird mir dies bewußt... Rück die frischgefüllte Zigarettendose zu mir herüber... So ist's recht. So kann ich genußvoll der Tirade *Sein Leben leben* weiterlauschen. Nun wirst du gleich aufspringen, dein kurzes Haar energisch zurückwerfen und mit wilder Entschlossenheit den geilen, grausam lächelnden Mannsbildern entgegentreten, den Protagonisten des eben erwähnten illegitimen Verhältnisses. »Ha, der ist verloren!...« Meine Teetasse in der einen, eine Zigarette in der anderen Hand und den Teller auf meinem Schoß balancierend, werde ich dich — darauf kannst du dich verlassen! — durch ein entrüstetes, gouvernantenhaftes »Pssst! Pssst!« unterbrechen, nur damit du mich anfährst: »Ach, laß mich doch! Daß ich nicht lache! Ja, glaubst du etwa, es mangelte an Männern, die es als Liebhaber mit Marcel aufnehmen können?« Und mit einem verächtlichen Schnauben wirst du, wie beiläufig, noch zwei oder drei Bemerkungen hinzufügen, die einer Hebamme die Schamröte ins Gesicht treiben würden — und dir selbst die Rede verschlagen werden, denn in diesem, in genau diesem Augenblick wirst du verdutzt verstummen, plötzlich wieder zu dir kommen, in Tränen ausbrechen, dich neben mir zu Boden werfen und deinen Kopf — Achtung, mein Teller! — auf meine Knie legen: »Verzeih! Ach, ich bin so unglücklich! Er liebt mich nicht mehr, wir sind im Streit auseinandergegangen, er hat mich so böse angesehen, er hat gewartet, bis ich aus dem Badezimmer draußen war, um sich zu rasieren; ich hatte für das Mittagessen frische Erdbeeren kommen lassen, und dann hat er angerufen, daß er nicht kommt... Ach, was hab ich ihm bloß getan, wer ist bloß diese Frau, die ihn mir wegnimmt, mir, die ich Tag und Nacht nur an ihn denke, mir, die... mir, der...«

Laß meinen Rock los und steh auf. Der schönen Wildseide tun Tränen gar nicht gut, wenn sie mit aufgelöstem Reispuder und Wangenrouge vermischt sind. Bin ich denn deine Mutter, daß ich dich armes Schätzchen nennen und bei deinem Mann für dich eintreten soll? Nein, ich bin nur eine etwas ältere Freundin, die dich die gleichen Dummheiten begehen sieht, die auch sie selbst in ihren ersten Ehejahren begangen hat. Dein Mann?... Warte mal, den habe ich doch erst gestern gesehen. Wo? Auf der Terrasse eines Cafés. Über ihm flatterte die Markise wie ein verselbständigter Vogelflügel. Er wartete auf niemanden, dazu sah er viel zu glücklich drein. Vor ihm zerschmolz langsam ein Erdbeersorbet, und er blickte den Passanten nach, ja, auch den Passantinnen, zumindest den hübschesten von ihnen, doch ohne sich die Mühe zu nehmen, den Kopf zu wenden. »Und weiter? Erzähl, erzähl!...«

Weiter gar nichts. Das war alles. Nein, warte: letzten Donnerstag habe ich deinen Mann gesehen. »Sprich weiter, ach, so sprich doch! Ich bin stark genug, um die ganze Wahrheit zu hören!...« Das glaube ich dir. Ich habe also deinen Mann im Bois de Boulogne gesehen, wo ich wie gewohnt und er ganz gegen seine Gewohnheit spazieren ging. Er hat mich nicht gesehen, denn ich saß im jungen Gras hinter einer Dornenhecke voller Singvögel. Er ging langsam, den Hut in den Nacken geschoben wie ein Brautführer auf dem Weg zur Kirche; er kaute an einem Grashalm und er atmete tief ein, mit offenem Gilet, abseits fast aller fremden Blicke. Seine Schuhe und die Aufschläge seiner Hosen verrieten, daß er eine ausgedehnte Wanderung hinter sich hatte, und wie ein kleiner Junge, der es auf Vogelnester abgesehen hat, blickte er mit zurückgeworfenem Kopf in die Baumkronen hinauf...

So? Du strahlst und lächelst unter Tränen angesichts solcher Unschuld? Was für eine Unschuld? Unschuld gibt es doch gar keine mehr für den Mann, den du zu einem Schuldigen gestempelt hast — aber das ist wieder eine andere Geschichte, die du erst später einmal erfahren wirst... Schling mir nicht die Arme um den Hals. Ich bin sehr unzufrieden mit dir, denn es ist sonnenklar, daß du die Schuldige bist, ja, du allein! Ein einziger Satz von dir war die Wurzel des Mißverständnisses zwischen dir und dem Mann, den du liebst; wie eines jener ekligen, unter den Blättern einer blühenden Pflanze versteckten Insekten, hat er eure Beziehung vergiftet. Ein ungeheuerlicher Satz, ein furchtbarer, absolut verbotener Satz, der einen glücklichen Mann in einen Verdächtigen voll böser Hintergedanken verwandeln kann — und anschließend in einen Gefangenen, der unaufhaltsam an seinen Ketten feilen wird — ein Satz, den du deinem Mann an den Kopf geworfen hast!... Hast du nicht eines Tages, als er froh und zufrieden nach Hause kam, zu ihm gesagt: »Woher kommst du?«

Weihnachten bei uns zu Hause

Im Land meiner Kindheit spielte Weihnachten kaum eine Rolle. Ein neunzehn Jahrhunderte altes Fest, das eigentliche Fest der Kinder, wurde in diesem freidenkerischen kleinen Land so weit als möglich übergangen. Meine Mutter, meine heißgeliebte Sido, war Atheistin und ging nicht zur Mitternachtsmette, die, genau wie die Sonntagsmesse, Treffpunkt aller rechtgläubigen Dorfbewohner sowie einiger Schloßbesitzer war, die im geschlossenen Landauer zum Gottesdienst fuhren. Sie war um mich besorgt, wollte mich bewahren vor der kalten Kirche mit ihrem vom Blitz zerstörten Glockenturm, vor der Zugluft und dem zersprungenen Steinboden in ihrem Inneren — doch fürchtete sie in Wahrheit nicht andere, verführerische Einflüsse: den katholischen Weihrauch- und Blumenzauber, die betäubende Wirkung der Litaneien , den einlullenden Rhythmus der Wechselgesänge?... Mit mir hat sie, als ich zehn Jahre alt war, darüber nicht gesprochen. Aber an anderer Stelle habe ich erzählt, daß es dem alten Pfarrer, der meine Mutter den frommen Schäfchen seiner Herde vorzog, nie gelungen ist, sie zu bekehren. Zwischen ihm und ihr gab es keine theologischen Streitgespräche; nur von mir war die Rede, von meinem Religionsunterricht, dem Katechismus, meiner Erstkommunion. Und mit gerunzelten Brauen kaute Sido an dem Nagel ihres Zeigefingers.

Es versteht sich von selbst, daß ich mich eisern mit Pfarrer Millot, der mich getauft hatte, verbündete und auf meinem Verlangen nach dem Katechismus, den feierlichen Gottesdiensten, dem weißen Erstkommunionkleid und dem Rüschenhäubchen beharrte. Erfüllt wurde auch mein Wunsch nach den Abendandachten im Marienmonat Mai, wenn die Tage so lang sind, daß man durch das geöffnete Kirchenportal gegenüber dem Hauptaltar die Sonne hinter den Kerzen untergehen sieht, und der Geruch der zum Dorf zurückkehrenden Viehherden sich vermischt mit dem Duft der Kamillen, der ersten Lilien und der weißen Rosen zu Füßen der Gipsmadonna... Wer mochte sie der Pfarre wohl geschenkt haben, diese große, altmodische weiße Madonna mit dem blauen Gürtel? Sie war nicht sehr alt, aber ganz verblichen; die Feuchtigkeit unseres ärmlichen Kirchleins tat ihr nicht gut, und überdies hatte sie durch eine Farbretouche — die schwarzen Pupillen ihrer Augen waren von ungeschickter Hand nachgemalt worden — ihre heitere Würde verloren.

In den ersten Monaten nach den Sommerferien hatte ich begonnen, mit den Mitschülern aus dem Katechismusunterricht zu verkehren. Üblicherweise hielten wir Schüler der weltlichen Schule uns von diesen Kindern fern, denn die Intensität und Brutalität kindlicher Gefühle ist groß. Im Katechismusunterricht und den Gottesdiensten begegneten wir jedoch einer milden Güte, die selbst um einiges ältere Ungläubige bezwungen hätte, und was ist es doch für ein Vergnügen, sich mit dem anzufreunden, was man einst verhöhnt hat! An dem Tag, an dem sich an meine Kleinmädchenschulter eine andere Kleinmädchenschulter lehnte, ein blonder Zopf einen meiner Zöpfe berührte und sich auf meinem geöffneten Buch zusammenrollte, während ein Tintenfinger mit rabenschwarzem Fingernagel den lateinischen Text unterstrich — »hier geht's weiter: Ora-a pro-o nobis...« — da war ich endgültig gewonnen.

Gewonnen für die Frömmigkeit? Keineswegs. Gewonnen für das Unbekannte, für die Gedichtchen, die man in unserer Schule nicht lernte, die »ausgewählten Texte«, die rührender waren als die unseren und in denen ständig von Gott die Rede war, die Kniebeugen, die heruntergeratschten Gebete, den Tauschhandel mit Heiligenbildchen und Rosenkränzen und vor allem für die Erzählungen von den Schuhen, »die das Christkind füllt«...

Als mich zum erstenmal ein »der Jungfrau geweihtes« kleines Mädchen im blauen Kleid mit weißer Schürze und einer blauen Schleife am Zopfende fragte: »Was hat'n dir das Christkind zu Weihnachten in deine Schuhe reingelegt?«, da antwortete ich mit möglichst lauter Stimme:

»Meine Schuhe? Jetzt hör mal auf mit meinen Schuhen! Wie oft soll ich dir noch sagen, daß es in Wirklichkeit die Eltern sind und nicht das Christkind? Und außerdem und überhaupt zählt Weihnachten gar nicht richtig, sondern erst das Neujahrsfest.«

Die Hand auf den Mund gepreßt liefen die kleinen Klosterschülerinnen entsetzt davon:

»Was die gesagt hat! Oh, was die gesagt hat!«

Noch heute höre ich wie aus weiter Ferne das Klappern ihrer Holzschuhe und den zum Refrain gewordenen Schreckensruf: »Was sie gesagt hat, oh, was sie gesagt hat!«

Im Dezember war ich schon weniger kämpferisch, ja fast sentimental gestimmt. Ich las die Andersen-Märchen wieder, angeregt durch den Schnee und durch Weihnachten. Ich bat meine Mutter, mir Weihnachtsgeschichten zu erzählen... Ihre durchdringenden grauen Augen fixierten mich, sie legte mir die Hand auf die Stirn, fühlte mir den Puls, ließ mich die Zunge zeigen und gab mir, aus meinem winzigen, verbeulten Silberbecher, Glühwein zu trinken.

Bei uns in Burgund ist Glühwein ein Allheilmittel. Obwohl mit Wasser verdünnt, löste er mir dort, vor dem Feuer aus Apfelholzscheiten, die Zunge. Langsam trockneten meine mit heißer Asche gefüllten Holzschuhe, sie dampften, und während ich redete, bewegten sich die Zehen in meinen Wollsocken.

»Mami, Gabrielle Vallée hat mir erzählt, daß letzte Weihnachten in ihren Schuhen... Mami, die Julotte hat gesagt, daß sie zu Weihnachten im Kamin einen Kometen gesehen hat, und weißt du, Mami, was mir die Fifine erzählt hat — nein wirklich, Ehrenwort, das ist nicht gelogen! — hat eine Art Mond über ihren Schuhen schweben gesehen zu Weihnachten, und dann eine Krone aus lauter Blumen, und am nächsten Morgen...«

»Trink schön«, sagte meine Mutter. Sie sagte es so, als wollte sie sagen: »Betrink dich und rede.« Sie hörte mir zu, ohne zu lächeln, mit einer Achtung, die ich sie Kindern sehr oft entgegenbringen sah. Zutraulich geworden, mit vom Wein erhitzten Wangen, erzählte und erfand ich drauflos.

»Übrigens hat der Herr Pfarrer ja auch gesagt, daß in der Christnacht immer... Und der Bruder von Mathilde, was der erst erzählt hat! Vor zwei Jahren, in der Christnacht, geht er nach seinen Kühen sehen, und da sieht er am Himmel, direkt über dem Geräteschuppen, einen großen Stern, der zu ihm sagt...«

Meine vielgeliebte Sido legte mir plötzlich die Hand auf den Arm und sah mich aus nächster Nähe so forschend an, daß ich nicht weitersprechen konnte.

»Glaubst du das? Herzliebstes Kind, glaubst du das wirklich? Wenn du es wirklich glaubst...«

Ich verlor die Fassung. Eine nur für mich allein sichtbare Eisblume, die klingend in der Luft hing und »Weihnachten« hieß, entschwand mir.

»Aber nein, ich schelte dich doch nicht«, sagte meine Mutter. »Du hast nichts Böses getan. Gib mir deinen Becher, er ist leer.«

Wenige Tage, wenige Nächte später erwachte ich vor Tagesanbruch, nicht so sehr durch ein Geräusch, als vielmehr durch jemandes Anwesenheit geweckt. Gewohnt, in einem sehr kalten Zimmer zu schlafen, öffnete ich die Augen, ohne mich zu rühren, um weder die Decke, die ich mir bis zur Nase hinaufgezogen hatte, noch das Federbett zu verschieben, das meine Füße warm hielt. Das winterliche Morgengrauen und die wie ein zinnenbewehrter Turm geformte rosa Lampe auf meinem Nachttisch teilten das Zimmer in zwei Hälften, eine fröhliche und eine traurige. Gehüllt in ihren dicken, graugefütterten Schlafrock aus violettem Filz stand meine Mutter vor dem Kamin und betrachtete mein Bett. Ganz leise flüsterte sie: »Schläfst du?« und beinahe hätte ich ihr mit größter Aufrichtigkeit geantwortet: »Ja, Mami.«

In der einen Hand hielt sie meine Holzschuhe, die sie geräuschlos vor die leere Feuerstelle stellte, dann legte sie ein würfelförmiges Paket darauf, das sie behutsam ins Gleichgewicht brachte, und darüber einen länglichen Sack. Sie schmückte das Ganze noch mit einem Sträußchen Schneerosen, diesen Blumen, die jedes Jahr in unserem Garten unter dem Schnee erblühten und die man Christrosen nennt. Ich dachte, nun würde sie das Zimmer verlassen, doch sie trat zum Fenster und schob geistesabwesend den Vorhang ein wenig zur Seite...

Ihr Blick fiel, vielleicht ohne überhaupt etwas wahrzunehmen, auf den Garten gegenüber, der schwarz unter einer dünnen, zerlöcherten Schneedecke lag, auf die abschüssige Straße, auf das Haus von Tatave, dem Verrückten, auf die immergrünen Thujen von Madame Saint-Aubin und den Winterhimmel, der sich nur zögernd aufhellte. Ratlos nagte sie an ihrem Fingernagel.

Auf einmal wandte sie sich um, schlich in ihren Filzpantoffeln leise zum Kamin, hob die beiden Pakete an ihren gekreuzten Bindfäden hoch und steckte sich das Schneerosensträußchen zwischen zwei Knopflöcher an die Brust. Mit der anderen Hand ergriff sie meine Holzschuhe bei den Riemen, neigte wie ein Vogel den Kopf einen Augenblick in meine Richtung und ging aus dem Zimmer.

Am Neujahrsmorgen fand ich neben meiner dampfenden Tasse heißer Schokolade die mit Goldfaden verschnürten Pakete, Bücher und Süßigkeiten. Doch meine ganze Kindheit über bekam ich keine Weihnachtsgeschenke mehr — keine außer denen, die Sido mir in jener Nacht dargebracht hatte: ihre Gewissensbisse, die Unschlüssigkeit ihres reinen, unverdorbenen Herzens, ihre Selbstzweifel und das heimliche Zugeständnis, das ihre Liebe der Überspanntheit eines zehnjährigen Kindes gemacht hatte.

Neujahrsträumerei

Alle drei kommen wir wie weiß gepudert nach Hause, ich, die kleine Bulldogge und die belgische Schäferhündin...

Schneeflocken hängen in unseren Mantelfalten, ich habe weiße Epauletten, am Ansatz von Poucettes faltiger Stumpfnase zergeht nicht anfaßbarer Zucker, und die Schäferhündin glitzert von der spitzen Schnauze bis zum keulenförmigen Schweif.

Wir waren ausgegangen, um den Schnee zu bewundern, echten Schnee und Frost, Seltenheiten in Paris, nahezu unauffindbare Sonderangebote zum Jahreswechsel... Wie die Irren sind wir alle drei durch mein ausgestorbenes Wohnviertel gelaufen, und die gastlichen Festungsmauern, die verrufenen Bollwerke sahen von der Avenue des Ternes bis zum Boulevard Malesherbe unsere atemlose Freude, die Freude freigelassener Hunde. Vom oberen Rand der Böschung beugten wir uns über den in violettem Dämmerlicht liegenden, von weißen Wirbeln gepeitschten Graben; wir blickten zu der dunklen, von rosa Lichtpunkten übersäten Stadt Levallois hinüber, durch einen gestreiften Schleier aus tausend und abertausend lebendigen weißen Mücken, kühl wie fallende Blütenblätter, die auf Lippen und Augen zerschmolzen, an den Wimpern und am Flaum der Wangen einen Augenblick lang hängen blieben... Zehnfüßig zerwühlten wir den unberührten, pulvrigen Schnee, der zart knirschend wie knitternder Taft unter unseren Schritten davonstob. Allen Blicken entrückt galoppierten wir dahin, bellten, schnappten im Flug nach den Schneeflocken, kosteten das süße, nach Vanille und Staub schmeckende Schnee-Sorbet...

Jetzt, da wir vor dem brennenden Kamin sitzen, schweigen wir alle drei. Die Erinnerung an die Nacht, den Schnee, den entfesselten Wind draußen vor der Tür schmilzt allmählich in unseren Adern, und gleich werden wir in jenen plötzlichen Schlummer hinübergleiten, der die Belohnung langer Fußmärsche ist...

Die belgische Schäferhündin, die dampft wie ein Fußbad, trägt wieder die Würde der gezähmten Wölfin zur Schau, ihre falsche, höfliche Ernsthaftigkeit. Mit einem Ohr lauscht sie dem Gewisper des Schnees, der an den geschlossenen Läden entlangrieselt, mit dem anderen überwacht sie das Klirren der Löffel auf der Anrichte. Ihre spitze Schauze zuckt aufgeregt, und die kupferfarbenen, auf das Feuer gerichteten Augen wandern unaufhörlich von rechts nach links, von links nach rechts, als würde sie lesen... Ein wenig mißtrauisch beobachte ich diesen Neuankömmling, diese sehr feminine und komplizierte Hündin, die eine gute Wächterin ist, selten lacht, sich vernünftig und gesittet benimmt und Befehle oder Verweise wortlos, mit undurchdringlichem Blick entgegennimmt... Sie ist sehr wohl imstande zu lügen, auch zu stehlen; aber wenn man sie ertappt, schreit sie auf wie ein hysterisches junges Mädchen und wird fast krank vor Aufregung. Woher hat sie, diese kleine Wölfin mit dem niederen Hintergestell, dieses wallonische Landmädchen, die unüberwindliche Abneigung gegen schlecht gekleidete Leute und woher ihre aristokratische Zurückhaltung? Ich biete ihr einen Platz an meinem Herd und in meinem Leben an, und vielleicht wird sie, die mich bereits zu verteidigen weiß, mir einmal auch ihre Liebe schenken...

Meine kleine Bulldogge mit der kindlichen Seele schläft, vom Schlummer überwältigt, mit fiebriger Schnauze und heißen Pfoten. Die graue Katze weiß sehr wohl, daß es schneit, und seit dem Mittagessen hat sie mir ihre tief im Bauchfell versteckte Nase nicht mehr gezeigt. Wie schon einmal am Jahresende sitze ich also wieder dem Feuer, meiner Einsamkeit, mir selbst gegenüber...

Ein weiteres Jahr... Was nützt es, sie zu zählen? Dieser Neujahrstag in Paris erinnert mich in keiner Weise an die Neujahrstage meiner Kindheit; und wer vermöchte mir die kindliche Feierlichkeit der Neujahrstage von ehedem wiederzubringen? So wie ich mich gewandelt habe, hat sich auch die Gestalt der Jahre für mich gewandelt. Das Jahr ist längst nicht mehr jene wellige Straße, jenes aufgerollte Band, das ab Januar dem Frühling entgegenstieg, dann weiter und weiter aufwärts bis zum Sommer, wo es sich zu einer stillen Ebene ausweitete, zu einer hitzeglühenden, von blauen Schatten durchkreuzten und von blühendem Storchenschnabel übersäten Wiese; das sich dann abwärts auf einen stark duftenden, nebeligen Herbst zubewegte, in dem es nach Wild und reifen Früchten roch, um schließlich in einen trockenen, klirrenden Winter überzugehen, in dem sich zugefrorene Teiche spiegelten und der Schnee im Sonnenlicht rosig schimmerte... Und zuletzt fiel dieses gewellte Band mit schwindelerregender Geschwindigkeit weiter ab, bis es plötzlich an einem wundersamen, unvergleichlichen Datum zum Stillstand kam, das wie eine Eisblume zwischen den Jahren hing: dem Neujahrstag...

Wenn ich mich, wie heute abend, über meine Vergangenheit neige, dann sehe ich ein innig geliebtes Kind zwischen nicht sehr wohlhabenden Eltern vor mir, das auf dem Land lebte, umgeben von Bäumen und Büchern, und teures Spielzeug weder besaß, noch haben wollte... Ein Kind, das abergläubisch an den Festen im Jahreskreis hing, an den Feiertagen, die durch ein Geschenk, eine Blume, eine traditionelle Torte gekennzeichnet waren... Ein Kind, das aus angeborenem Instinkt die christlichen Feste heidnisch veredelte, das nur verliebt war in die Palmzweige, die roten Ostereier, die zu Fronleichnam verstreuten Rosenblätter, den mit einem kleinen Kreuz versehenen Haselzweig, der zu Christi Himmelfahrt während der Messe geweiht und dann an den Feldrain gesteckt wurde, zum Schutz gegen Hagelschlag... Ein kleines Mädchen, dem es die fünfstöckige Torte angetan hatte, die am Palmsonntag gebacken und gegessen wird, die Krapfen zur Karnevalszeit, der stickige Geruch in der Kirche während des Marienmonats Mai...

Argloser, wohlmeinender alter Pfarrer, der mir die Kommunion spendete: Sie dachten wohl, daß dieses stille, unverwandt zum Altar blickende Kind auf ein Wunder wartete, auf eine unmerkliche Bewegung der blauen Schärpe der Madonna? Nicht wahr? Ich war doch so brav!... Ja, es stimmt schon, daß ich von Wundern träumte, aber... nicht von den gleichen Wundern wie Sie. Betäubt vom warmen Blumenduft, verzaubert vom Hauch des Todes, dem würzigen Verwesungsgeruch der Rosen, lebte ich, Hochwürden — Sie lieber, argloser Mensch! — in einem Paradies, von dem Sie keine Ahnung hatten und das bevölkert war von *meinen* Göttern, meinen sprechenden Tieren, meinen Nymphen und meinen bocksfüßigen Faunen... Und während ich zuhörte, wie Sie von Ihrer Hölle sprachen, dachte ich über den Hochmut des Menschen nach, der zur Strafe für seine Verbrechen und Untaten des Augenblicks die ewige Verdammnis ersonnen hat... Ach, wie lange ist das her!...

Meine Einsamkeit, dieser Dezemberschnee, diese Erwartung eines neuen Jahres werden mir den Schauder nicht wiederbringen, den ich damals empfand, wenn ich in der Silvesternacht mit laut klopfendem Herzen auf die fernen Klänge des Gemeindetrommlers horchte, der dem schlafenden Dorf ein Ständchen brachte... Diesen Trommelklang aus der eisigen Nacht, gegen sechs Uhr früh, ich fürchtete ihn und ich sehnte ihn herbei, den Tränen nahe vor Angst, mit zusammengebissenen Zähnen und angespanntem Bauchfell... Nicht die zwölf Schläge um Mitternacht, sondern erst diese Trommelschläge läuteten für mich den grandiosen Auftakt des neuen Jahres ein; dieser geheimnisvolle Neubeginn, den die ganze Welt mit Spannung erwartete, hing an dem ersten *Tarramm* unseres alten Dorftrommlers.

Unsichtbar in der morgendlichen Finsternis ging er vorüber, ließ sein schaurig-beschwingtes Ständchen von den Mauern widerhallen, und hinter ihm begann ein neues Leben, das sich freudig zwölf neuen Monaten entgegenstürzte... Befreit sprang ich aus dem Bett, ergriff die Kerze und lief den Glückwünschen, den Umarmungen, den Süßigkeiten und den Büchern mit Goldschnitt entgegen... Ich öffnete den Bäckerjungen die Tür, die die hundert Pfund Brot brachten, und teilte dann bis Mittag mit kaufmännischem Ernst an alle Armen, die echten und die falschen, das traditionelle Stück Brot und die Geldspende aus, die sie ohne Demut und ohne Dankbarkeit in Empfang nahmen...

Wintermorgen, das rote Lämpchen in der Nacht, die herbe, reglose Luft vor Tagesanbruch, der im schwachen Dämmerlicht nur erahnbare, scheinbar geschrumpfte, unter dem Schnee begrabene Garten, und ihr, niedergebeugte Fichten, die ihr ab und zu in Form von Lawinen die Last von euren schwarzen Armen gleiten ließet, und die Fächerschläge der erschreckten Sperlinge, ihre vorsichtigen Spiele in einem Kristallpulver, das feiner und flimmernder war als der irisierende Wasserstaub um einen Springbrunnen... O, all ihr Winter meiner Kindheit, ein Wintertag hat euch zu mir zurückgebracht! Es ist mein damaliges Gesicht, das ich in dem zerstreut zur Hand genommenen ovalen Spiegel suche — und nicht mein Erwachsenengesicht, dieses Gesicht einer jungen Frau, deren Jugend bald von ihr Abschied nehmen wird...

Noch ganz versunken in meine Träumerei, wundere ich mich, daß ich mich so verändert habe, daß ich gealtert bin, während ich träumte... Mit gerührten Pinselstrichen könnte ich über dieses Gesicht hier ein frisches, sonnengebräuntes, vom Frost gerötetes Kindergesicht malen, mit glatten Wangen, die auf ein zartes Kinn zulaufen, beweglichen, bei Gelegenheit sofort hochgezogenen Augenbrauen und einem Mund, dessen listig geschwungene Winkel die naive Unschuld der kurzen Unterlippe Lügen strafen... Ach, nur für einen Augenblick! Der samtige Liebreiz des wiedererstandenen Pastells zerfließt und verfliegt... Das dunkle Wasser des kleinen Spiegels hält nur mein Bild fest, mein Bild, das mir nur allzu sehr gleicht und von feinen Kratzspuren überzogen ist, die sich auf den Augenlidern, um die Mundwinkel, zwischen den trotzigen Augenbrauen deutlich abzeichnen... Ein Bild, das weder lächelt noch traurig dreinsieht und das nur für mich allein hörbar flüstert: »Jeder muß altern. Weine nicht, ringe nicht flehend die Hände, lehne dich nicht dagegen auf: jeder muß altern. Sage dir diesen Satz immer wieder vor, nicht wie einen Verzweiflungsschrei, sondern als Erinnerung an einen notwendigen Abschied... Sieh dich an, betrachte deine Lider, deine Lippen, streich dir an den Schläfen das Haar aus dem Gesicht: schon beginnst du, dich aus deinem Leben zu entfernen, vergiß es nicht, jeder muß altern!

Enferne dich langsam, ganz langsam, ohne Tränen; vergiß nichts! Nimm deine Gesundheit mit, deine Fröhlichkeit, deine Koketterie, das bißchen Güte und Gerechtigkeit, die dir das Leben weniger bitter gemacht haben; vergiß nicht! Geh gewappnet, geh behutsam fort und versuch nicht, auf dem unumgänglichen Weg stehenzubleiben, es wäre umsonst — denn jeder muß altern! Folge dem Weg immer weiter, und lege dich erst zum Sterben nieder. Und liegst du einmal quer über dem schwindelerregenden, gewellten Band, und hast du bis dahin noch nicht jede deiner Haarlocken lassen müssen, und, einen nach dem anderen, alle deine Zähne und, eines nach dem anderen, deine steif gewordenen Glieder, und hat der Sand der Ewigkeit deine Augen nicht noch vor deiner letzten Stunde des wunderbaren Lichtes beraubt, und hast du bis zuletzt die liebende Hand festgehalten, die dich führt, dann strecke dich lächelnd aus, schlaf selig ein, schlaf ein als bevorzugtes Glückskind ...«